武警

# 长路流歌

## 张吉义歌词作品

张吉义——著

中国工人出版社

# 人生感悟的歌

——《长路流歌》序

吕艺生

1. 在未看到张吉义的歌词选集《长路流歌》时，我就欣然接受了为他写序之托，见到了电子稿，我更是为能给这样精彩的歌词选集写序感到庆幸。

我为张吉义的歌词写序，首先是因为我们个人间有着极为特殊的关系。我摄取几个片断做一回顾。

20 世纪 70 年代初，我还在当时的伊春林业文工团时，认识了一位上山下乡的知识青年张吉义。他后来正式调到林业文工团舞蹈队，我还和他同住过一个宿舍。

张吉义原是伊春市第一中学的高才生，文化基础好。以我的看法，张吉义未来的发展应当走向编导之路，同时希望他能锻炼写歌词，我认为，他天生有一种诗人气质，思维活跃，文笔清新，不时冒出的金句特有文气。

70 年代末我调离伊春，在黑龙江省舞蹈家协会任主席。他此时居然也在哈尔滨，而且是省军区文化处干事。他请我为他抓的一个双人舞做指导，他告诉我他参军后正是因写歌词而调到省军区的。

80 年代中期，我调到北京任北京舞蹈学院院长时，没想到又见到张吉义，此时他已经是中国武警文工团的团长了，当然也主要是因写歌词而名声越来越大的结果。从伊春到哈尔滨，再从哈尔滨到北京，他与我是步步相随啊！他以武警文工团团长的名义，要求北舞给他们的舞蹈队做正规培训，还请我给他的一部作品担任导演。

我敢说，发现张吉义具有写歌词的天分，并积极给以鼓励，肯定应当有我一份。因为有这样的交情，现在来为他的歌词选集写序，岂不有种沾光的喜悦。

2. 尽管对他的歌词成果已有心理准备，但见到选集电子稿，还是吓了我一大跳！实在是太惊人了！首先我从来没见过一个人具有这么大量的歌词，好家伙！一出手便是 266 首。这还仅是选集“选”出来的，如果是“全集”会是啥样呢？

这本歌词选集，共有五大部分，前四部分集中表达的是他的大爱之情，包括“热土深情”是对祖国和家乡故土之深情的爱；“行军路上”则是他军中生活留下的感受和记录。这里面与我最有共鸣的当然是写小兴安岭的：扛着漫天的大风雪/ 父辈们出了关/听着喊山的号子/ 儿女们进了山/ 望一望这片大森林哟/望也望不到边/ 搂一搂这大红松/ 豪气也参天……（《啊，小兴安岭》），有小兴安岭那特有的景物，更有进入小兴安岭那两代人的豪迈气概，是他在家乡所凝练的金句。句中所含有的林业工人在风雪中养练的豪爽性格，令人想到老一代诗人郭小川，而句中所透露的现代人气质，已前无来者。

在“行军路上”，我们分明感受的是诗人本人勤奋的双脚。仅是为武警和相关部队所写的队歌，这里就选了20首之多。可以想象，这些完全都是某部队天天都要唱、天天都要以此来提振精神的歌，已成为部队生活的一部分。怪不得多少相关的部队电影、电视剧都要请他去写主题歌或插曲，因为只有真正当过兵并一步一步走出来的人才能凝练出如此精彩的诗篇：你是风/你就风卷残云/ 你是火/你就火焰飞腾/ 你是雷/你就惊天动地/你是电/你就划亮夜空/ 风里走火里行披电光挟雷鸣/你是风火雷电/你是风火雷电的精灵（《风火雷电》)。铿锵有力，豪气冲天。

“风雨调色”作为“行军路上”的延伸，更多地关注了军营多姿多彩的生活图景，从小角度折射军人的情感世界。写《迷彩》：融化在山岗/就是花岗一块/消逝在丛林/就是白桦一排/和平的阳光照耀着大地/迷彩和鲜花一起盛开（《迷彩》)；写野营拉练：晚霞染红了黄昏的山岗/炊烟在寂静的山谷里飘荡/我的帐篷营站在夕阳的怀里/等待着她的士兵回到营房/帐篷营我的帐篷营/战士征途上移动的梦乡（《我的帐篷营》)。在这一部分里还收录了他的《哨所四季》等四部音舞诗画，亦写得意象多姿。

至于他把“心岸步韵”这部分单独列出来，显然是他个人内心深处的情感独白，是他在成长过程中心路历程的描述。透过这些歌词我们可以窥探他人生不同时段丰富复杂的内心世界，或感时感物，或扪心发问，读来韵味浓烈、感情真诚。面对国旗：你是几辈人的梦想/你是几辈人的热望/你是黑夜里开始的故事/你是黎明时升起的太阳……（《国旗颂》）；面对遭受人类破坏的生态：当天空不再见你的美丽/当大地失去了你的容颜/当多年后寻找祖先的家园/我们是否还能回到你的身边……（《忏悔》）；面对母亲：妈盼儿长大/又怕儿离家/儿盼母增寿/又怕添白发……（《骨肉情》）。这一部分还收录了他为十几部影视剧创作的主题歌和插曲。

他有诗人的自觉，军人的责任，还有学者的耐心，因而他不断进取。他与新中国一路走来，获得了数不清的荣誉，但他不计较功名，淡漠利禄，因而他不知疲惫，也不会停歇。

我记得听到习主席赴黑龙江视察第一站到了伊春时，我正与他在一起，我们都很兴奋，彼此相告，因为习主席来到了我们的家乡。然而没有想到的是没几天就见他的歌《绿水青山就是金山银山》已经写出：

……

似一夜春风绿了山川
似一场春雨润了田园
多少牵挂　多少期盼
贴心的话语暖热心田
青山绿水 绿水青山
绿水青山就是金山银山
留住青山　留住绿水
要留住这片希望这片依恋
……

这就是诗人的责任，他知道家乡的建设又有了新的方向。

3. 我最欣赏的是第五部分“感悟经典”。如果说前四部分的情感与文采也可在别人身上深浅不同地感受到的话，那么这部分可完全是张吉义的创造，读中国古代文化经典的感悟，竟然也可用歌词的形式表达。

我忘不了国家交响乐团在北京音乐厅演唱张吉义作品的场面。那晚的合唱是张吉义写的音乐故事《牛郎织女》的千古绝唱。这样一个中国式的爱情故事，写成交响合唱，其创意本身就令人折服；我坐在观众席边听边想象这样合唱《读〈论语〉》时听众的感应，一位老人从两千五百年前的远古走来，仍然那般从容睿智，中国人的无穷智慧原来就从他身上传播而来，这古老文化的伟力是多么巨大啊！“逝者如斯，不舍昼夜，不朽的除了时间，只有不朽的思想。仰之高山，钻之弥坚，瞻之在前，忽焉在后。”听者是在这样的人声意会中感悟张吉义的感悟。

这是作者的读书笔记，是他理性思维与感性思维的高度结合。显然，这不是一般人对某论著只言片语的“有感而发”，他是在通读精取了《道德经》《论语》《孟子》《孙子兵法》以及《诗经》等经典过程中，一点一滴的积累，因而每部著作都会留下若干段落的歌词。“感悟”已非初级“感觉”，只有对“道可道，非常道”“上善若水”“为而不争”这样难解之句，有了深度理解后，才会产生新的炼句，并且再度写成当代人能够接受的可唱可诵的歌词，这需要足够的思想准备和文字功力。“人生当如水/ 上善至美/ 悠悠天边来/ 脉脉去与谁/ 清流侧畔花千树/ 润物无争群芳辉/ 无意功名/ 无言身退/ 千回百转心不改/ 奔腾向前把路追”。这就是张吉义对“上善若水”的诠释，有了他这样的“感悟”，你当然就不难理解为什么智者会乐水了。

我愿以知音的名义向我的这位老乡祝贺！

愿他“感悟”的“灵光”普照众生！

注：吕艺生，当代著名舞蹈家、美学家，张吉义涉足文艺创作的第一位启蒙者和终生老师。

# 目　录

## 一、热土深情

## 二、行军路上

## 三、风雨调色



## 四、心岸步韵

## 五、感悟经典

# 一

# 热土深情

我和新中国同年诞生

母亲说那是个日出的时辰

和平的阳光送来热烈的亲吻

摇车里摆动着十月的金风

……

# 我和新中国

我和新中国同年诞生
母亲说那是个日出的时辰
和平的阳光送来热烈的亲吻
摇车里摆动着十月的金风
啊　新中国
我生命的源头
我生命的根

我和新中国同年诞生
母亲说她听见了礼炮的欢迎
雨后的晴空飘荡着美丽的彩云
征途上共享那胜利的欢欣
啊　新中国
我生命的年轮
我亲爱的母亲

注：1984 年适逢新中国 35 周年华诞，恰与我同龄。追怀以往，不禁感慨万千，遂写下该词，以为纪念。十年后荣获团中央“五个一工程”奖。

# 美在东方

走近你　走近东方
走进你的梦想
走近你　走近东方
走进美的殿堂
美的天空　美的阳光
还有美的云彩
铺开你美的画廊

千年故国　万年沧桑
美在这里蕴藏
悠悠黄河　滔滔长江
美在这里流淌

走近你　走近东方
走进你的神往
走近你　走近东方
走进美的天堂
美的河流　美的村庄
还有美的传说

展开你美的想象

千姿百态　国色天香

美在这里生长

故国神韵　人间善良

美在这里流芳

注：应青年歌手东方邀请，作于2008年北京。张千一作曲。

# 天鹅的恋歌

天鹅从天外骄傲地飞来
羽毛上沾满了金色的云彩
它是在寻找美丽的地方
才肯把项下的珍珠解开
飞过了森林飞过了山脉
飞过了江河飞过了湖海
一直飞到松花江畔
就再也不肯离开

注：哈尔滨，人称天鹅项下的珍珠城，其意其美，给人以无限的想象空间。创作于 1985 年，获第 14 届“哈尔滨之夏音乐会”一等奖。

# 黑龙江好风光

黑龙江　好风光
水秀山也青
人称北大仓
雨过天晴朗
百废俱兴旺
金鸡展翅向太阳

北上松花江
走进鱼米乡
秋风飒飒起
大豆摇铃响
谷穗铺地黄
高粱浴艳阳
科学育籽粱
花开枝头香

走上兴安岭
扑进绿海洋
白桦亭亭立

红松挽臂膀
机车云中走
英雄雾中忙
青山永常在
四化有栋梁

走进石油城
别有好景象
钻塔高入云
钻机隆隆响
化工结硕果
石油走四方
为国挑重担
大庆好榜样

黑龙江　好风光
天高地又广
前程多辉煌
团结向前进
跟着共产党
金鸡展翅向太阳

注：1980 年创作于哈尔滨军工大院。王克俊作曲。

# 啊　小兴安岭

千年的红松林哟
万年的大青山
让我喊你一声
喊你一声　小兴安岭
我的家园

扛着漫天的大风雪
父辈们出了关
听着喊山的号子
儿女们进了山
望一望这片大森林哟
望也望不到边
搂一搂这大红松
豪气也参天

小兴安岭　八百里
汤旺河水　十八川
好一个青山绿水的大自然
红松故乡美名传

挽着五月的东北风
冰雪捧杜鹃
走进十月的金秋
看不够这五花山
喝一杯这舒心的酒吧
让你的山更绿
抖一抖青春的风采
让你的天更蓝

小兴安岭　梦里游
汤旺河水　爱里还
好一幅青山常在的大画卷
红松故乡天下传

注：自20世纪50年代初，父亲闯关东进入小兴安岭，迄今林区开发已经历了三代人的不懈奋斗。2007年夏，伊春市委宣传部华景伟部长找到我这个林业工人的后代，写下了这首属于小兴安岭也属于我们这个家庭的歌。郭晓天作曲、田毅演唱。

# 白头鹤

白头鹤　黑衣裳
翩翩起舞恋故乡
春天来　秋后去
一颗心儿在北方
这片山　这片林
这片湿地水汪汪
这段情　这段爱
一条大河叫汤旺

天一方　水一方
谁家姑娘巧梳妆
鸟依人　人成双
小兴安岭是天堂

白头鹤　黑衣裳
声声啼叫情意长
也曾去　又归来
千里万里总难忘
花雨飞　风送爽

缠缠绵绵说以往
年年等　岁岁想
相约今天好时光

天一方　水一方
谁家姑娘巧梳妆
鸟依人　人成双
小兴安岭是天堂

注：人称岭上平原的伊春新青湿地，原是大型珍奇候鸟白头鹤的栖息地。20世纪60年代由于林木过量采伐，生态严重破坏，白头鹤悄然绝迹。近些年来，随着产业转型湿地恢复，消逝了50年的白头鹤又成群结队地飞回来了。禹永一作曲、王雅洁演唱。

# 爱在青山绿水间

把爱交给青山
今生今世有缘
把爱还给绿水
了却梦绕魂牵
站着　你是一棵大树
躺下　也守着心的家园
爱不变　情依然
爱在青山绿水间

把爱交给青山
岁岁月月相伴
把爱还给绿水
依恋直到永远
来时　你是林中少年
归去　还做那落叶一片
山无言　水无言
爱在青山绿水间

注：2001 年夏，在京观看反映林业老工人马永顺人生的话剧《青山不老》颇为感动。一个当年为国家伐木万棵的老模范，而今不惜年迈，誓言率子孙种树万株，以为还愿。其情感人，其德昭世。因作词即颂。张千一作曲、梦鸽演唱。

# 蓝莓之恋

忘不了那年那个夏天
在那片青山和绿水之间
一缕清风悠然飘过
让我遇见了你高贵的笑脸
哦　蓝莓　蓝莓之恋
千里遥想
万里情牵
你我从此有个约定
小兴安岭深处
那片神秘的家园

忘不了那天那个夜晚
在那弯明月漫步的水边
你的羞涩藏着热烈
让我找到了久违的浪漫
哦　蓝莓　蓝莓之恋
地生精华
天赐良缘
你我写下一段神话

蓝莓熟了

那个难忘的夏天

注：2016 年夏，应邀去小兴安岭友好蓝莓基地小住，每天见一群采莓少女往返于山水之间，踏歌而行，不禁浮想联翩。周伟平作曲、村月演唱。

# 春到延边

春风绿了　一座座一座座山岗
春江暖了　一片片一片片稻秧
燕子来了　一声声呢喃着春光
彩云来了　一朵朵依恋着山乡
姑娘们　花一样　哩哩哩　巧梳妆
小伙子　放声唱　哩哩哩　阿里郎
啊　延边　我可爱的家乡
一天天在变样　一年年好时光
日子越过越舒畅

春雨醉了　一颗颗年轻的心房
春潮漫了　一湾湾金色的池塘
道路宽了　一条条满载着希望
天空高了　一家家明亮的门窗
孩子们　喜洋洋　哩哩哩　上学堂
老人们　结伴唱　哩哩哩　奔小康
啊　延边　我可爱的家乡
一天天在变样　一年年好时光
家乡越变越漂亮

注：应朝鲜族作曲家黄松哲邀请，创作于2005年吉林长白山。

# 乌苏里江晨曲

乌苏里江水向天涯
半江晨雾半江霞
谁家姑娘船头唱
十里网滩齐回答
醉了岸上的柳
催开了岛上的花
船儿追着浪花飞
心儿随着网儿撒
一网撒下
一轮红日出江峡

风吹哟江面美如纱
好风吹送好年华
谁家夫妻起得早
双双鸥鸟戏浪花
圆了昨天的梦
甜了梦中的娃
桨儿越划越快活
歌儿越唱越潇洒

一网拉起

一船笑声装回家

注：2005 年夏，创作于乌苏里江岸虎头。

# 请到我的家乡来

达子香花开
岭上白云白
请到我的家乡来
我把你等待
你千万别不来

这树比葱还绿
水似碧玉带
一阵凉风吹过来
让你难忘怀
你来了还想来

请到我的家乡来
西岭东沟巧安排
一桌野味劝四海
妹妹花裙摆

请到我的家乡来
山花处处为你开

木艺小镇走一走

故事更精彩

注：2017 年夏创作于小兴安岭乌马河畔。

# 养溪谷

微风吹散了河上的薄雾
落霞在静静的河面上漂浮
趁着晚餐弥漫的酒香
让我们一起去到河边散步
噢　养溪谷　神秘的养溪谷
噢　养溪谷　北方的养溪谷

林中传来了夜莺的低唱
鹧鸪鸟回应着归巢的幸福
踏着树梢投来的月光
有谁会轻易把这美好辜负
噢　养溪谷　多情的养溪谷
噢　养溪谷　北方的养溪谷

篝火点亮了深山的夜幕
帐篷里是谁在悄悄倾吐
说着不期而遇的浪漫
爱情就这样遂心眷顾
噢　养溪谷　甜蜜的养溪谷

噢　养溪谷　北方的养溪谷

注：2017 年夏创作于小兴安岭腹地某夏令营。

# 你的声音

站在高山
才能望见平川
站在潮头
就不怕风险
你的声音　我的期盼
真理飞遍大海飞遍群山
河西高粱　河东麦田
河东河西　饮水思源
河北秧歌　河南狂欢
你的声音唤醒昨天

心中的蓝天
还要尽情舒展
心中的道路
还要尽管放宽
你的声音　我的期盼
报告中国又一个春天
江南插秧　江北开镰
潮起潮落　江北江南

岸上撒网　江上扬帆

你的声音呼唤明天

注：创作于 1992 年邓小平第二次南巡之际。

# 我们的天空

和平的白鸽在阳光里飞翔
多情的鸟儿在阳光里歌唱
我们在阳光里打扮着春天
让年轻的祖国更加漂亮

美丽的鲜花在阳光里开放
绿色的河流在阳光里流淌
我们在阳光里幸福地生活
把伟大的爱抚尽情分享

啊　天空是多么晴朗
啊　鲜花是这样芬芳
我们在阳光里打扮着春天
让年轻的祖国更加漂亮

注：1991 年 10 月创作于北京塔院。

# 展　望

青山秀　碧水长　东风浩荡
驾长风　展望眼　万千气象
惊叹我山河巨变
九亿神农著华章
星火燃自小岗村
燎原之势破天荒
家庭承包解温饱
告别贫弱奔小康
江南五谷丰　塞上六畜旺
东海唱大风　西域奏慨慷
更有那乡镇企业拔地起
名牌名优闯西洋
华西白沟南岭村
窦店横店半壁庄
龙港城里走一遭
别是梦乡是故乡
这一个个创举一桩桩奇迹
叫人喜泪夺眶
饮水思源　活水源自党中央

十五届三中全会指航向
破浪扬帆再展宏图前程无限量
大江东流去
滔滔向海洋
迎接新世纪
华夏何辉煌

注：1999 年中央电视台“农民春晚”曲目，黄钟声作曲。

# 新世纪的风

挽着大海　挽着云彩
新世纪的风已经吹来
带着热烈　带着豪迈
一条金色的航线向明天伸开

半个世纪风雨九万里路
埋下多少热望多少期待
胜利的欢欣成功的喜悦
谁能按得住心潮的澎湃

挽着大海　挽着彩云
新世纪的风已经吹来
啊　看吧
前头是一个多么辉煌的时代

注：1992 年 5 月创作于武警文工团。

# 世纪钟声

你在初醒的晨雾里缭绕
你在热切的胸膛里跳荡
你在早春的田野上奔跑
你在我们的天空上回响
啊　钟声　世纪的钟声
这样急切这样热烈
这样热情奔放
啊　钟声　世纪的钟声
苏醒了鲜花　邀来了霞光
呼唤着江河大海一起歌唱

你在激动的心海上徜徉
你在惊喜的目光里碰撞
你在奋进的步伐里前行
你在火红的旗帜上飞扬
啊　钟声　世纪的钟声
这样美妙这样悠长
这样令人神往
啊　钟声　世纪的钟声

摇滚着青春　追赶着梦想
召唤我们迎接辉煌的太阳

注：创作于 1999 年 21 世纪来临的狂欢之夜。

# 红日出东海

海风敞开海的胸怀
海涛亲吻着海的山脉
我站在黎明的海岸上
等待着红日出东海

红日出东海　希望升起来
带着多少情　含着多少爱
红日出东海　祥云飘起来
飘到昆仑山　飘到长城外
我看见　一幅壮丽多彩的大画卷
正在神州大地上展开
我看见　一个新世纪的新中国
一个属于中国的新时代

海风敞开海的胸怀
海涛赞美着海的豪迈
我站在红日的怀抱里
向你　我的中国　欢呼喝彩

注：2013 年早春创作于东海之滨山东日照。

# 一路豪迈奔小康

一路好风飘
一路好风光
一路歌满楼
一路花果乡
改革的中国朝前走
一路豪迈奔小康

山高耸　仰天望
水长流　向海洋
燃烧的激情火正旺
奔腾的大潮浪逐浪
东海绘新图
西部奏慨慷
岭南彩云飞
塞上鼓角亮
中华儿女雄心壮
长江黄河齐欢唱

旗帜红　有方向

一条心　跟着党

头上的蓝天在舒展

脚下的道路要伸长

山外有青山

楼外好景象

心中天地宽

好写大文章

中华儿女放眼望

明天的太阳更辉煌

注：2003 年创作于北京西三环北路 1 号。

# 走进中共一大会址

走近你的身旁
你给我一片阳光
推开你的门窗
你给我一片慈祥

扑进你的怀抱
我向你倾诉着爱
碰见你的目光
爱在我心上歌唱

你长满青苔的屋檐
历经岁月风霜
你爬满青藤的街道
飘来悠悠芳香

挽着你的臂膀
我们走出夜的荒凉
跟着你的方向
我们走向明天的太阳

注：2004 年 7 月创作于上海中共一大会址纪念馆。

# 颂　歌

用最美的鲜花扎一个花环
用最美的彩霞织一匹锦缎
用最美的浪花编一首颂歌
用最美的果实堆一座金山
献给你　亲爱的党
请接受各族儿女衷心的祝愿

鲜花是大地对雨露的奉献
彩霞是黎明对太阳的依恋
浪花是江河对源头的呼唤
硕果是金秋对春风的怀念
歌唱你　亲爱的党
我们对母亲的颂歌永远唱不完

注：1991 年 7 月为中国共产党成立 70 周年而作，黄钟声作曲。

# 节　日

金风挽着彩霞
漫天彩霞
喜讯传遍千家
万户千家
每一座城市乡村
每一个角落
每一个人的脸上
都写满欢乐

金杯盛满美酒
美酒鲜花
幸福飞落天涯
海角天涯
每一条山脉小溪
每一条江河
每一颗心的跳动
都豪情似火

祝福你　祖国

亲爱的祖国
让我们和你一起分享
这光荣的时刻

注：2002 年国庆节创作于北京，贺耀斌作曲。

# 飞　天

嫦娥奔月
那是神话
女娲补天
那是传说
九万里遥想
九万里相隔
九万里追求
一朝相约

听天风浩浩
迎接远客
看天庭结彩
与我伴歌
哪里是我的长城
哪里是我的黄河
今天我站在星河岸边
亲亲地喊一声
我的中国

啊
一瞬间的改变
一瞬间的飞跃
五千年的梦啊
今天圆了

注：2003 年 10 月 15 日，我国自行研制的神舟五号载人飞船成功飞天，视频传来，心潮难按，遂一气呵成。

# 大江出三峡

大江出三峡
三峡吐绿袖
拂却风尘五千年
千古唱风流
逝如斯　志未酬
吾辈续写新春秋
一手是大海
一手是源头
挽住碧波结玉扣
不教琼浆付东流

大江出三峡
三峡吐绿袖
神女峰高三千丈
高梯接云头
弄潮儿　好时候
波谷浪峰立中流
一手是大海
一手是源头

请君梳妆新坝上
喝令长江改道流

注：2003 年 6 月，三峡双线船闸胜利开通。同年电视专题片《三峡船闸》播出，这首词即为该片主题歌词。张千一作曲、阎维文演唱。该片获中宣部“五个一工程”奖。

# 大东北

松花江　辽河水
流出一个大东北
长白山　兴安岭
站起一个大东北
大平原大森林大庆油田美
大矿山大钢铁开国铸丰碑
也曾为你喜
也曾为你醉
也曾在你的怀抱里流过泪
汗洒三冬暖
血沃百花肥
走过严冬的英雄汉更爱这春光美

高粱红　黑土肥
养育一个大东北
雪花飘　爬犁飞
喊出一个大东北
大时代大舞台再把那战鼓擂
大情怀大手笔再把那宏图绘

老树开新花
东风枝头吹
山海关外的大道上走来了新一辈
放眼看天下
昂头大雁归
黑土地上的好儿女要把那太阳追

注：创作于 2003 年中央振兴东北老工业基地战略出台之际。

# 我的长白山

千年的雪峰哟
万年的流泉
长白山耸立在白云里边

喝的是你的水
吃的是你的饭
血脉里流淌着你的悲欢
生就是你的胆
炼就是你的肩
站着和你一般高的是咱东北汉
火辣辣的情哟　醉山川
热辣辣的爱呀　三江源
情也厚　爱也宽
都是咱关东儿女不变的苦恋

圆的是你的梦
还的是你的愿
手心里紧攥着你的期盼
让你的山更绿

让你的水更蓝

让你的白发三千丈一夜还童年

新世纪的风哟　暖人间

新时代的雨哟　透心甜

星追月　地经天

且听咱关东儿女英雄的呐喊

啊　长白山　我的长白山

注：创作于2003年5月，获吉林省文艺精品“政府奖”，孙思源作曲，吕宏伟演唱。

# 情漫长江

和风吹送　花雨飘洒
江上飞舟　岸上人家
故国神游　春光相约
把酒向天　还我一杯大江浪花
情漫长江　爱漫长江
一百年瞬间　青丝白发
金涛澎湃　前浪后浪
五千年追梦　看我今朝儿女华夏
情漫长江　爱漫长江
你把爱撒满高峡沃野
爱在源头　情系天下
啊　长江　我愿做你的一朵浪花

注：2005 年夏创作于重庆至宜昌的客轮上。

# 我的大江南

我是一片绿叶
绿在你金色的田野
我是一弯绿水
倚着你恬静的村舍
我是一缕清风
从你的岸边走过
我是一只白鸽
在你的蓝天上放歌
啊　大江南　我的大江南
生我养我的大江南啊
父亲的山　母亲的河
总在我梦里流过

我是一颗星斗
守着你迷人的夜色
我是一抹朝霞
报告你黎明的时刻
我是你一叶白帆
牵着你深情的嘱托

我是一朵浪花
追赶你流金的岁月
啊　大江南　我的大江南
日新月异的大江南啊
父亲的梦　母亲的歌
都在我心头流过

注：2006 年春，应武警江苏总队邀请，创作于南京。

# 金沙江

都说你的浪花
金子一样
都说你的流水
来自天堂
都说你的源头是龙的故乡
都说你的血脉里热情奔放
金沙江　金沙江
我的热恋　我的梦想
金沙江　金沙江
我要在这里留住你
留住你的热情点燃太阳

都说你的传说
美丽悲壮
都说你的故事
儿女情长
都说你的胸怀比蓝天宽广
都说你的波涛里蕴藏希望
金沙江　金沙江

我的故乡　我的爹娘
金沙江　金沙江
我要在这里留住你
挽着你的彩虹一起飞翔

注：2002 年 8 月，创作于金沙江上游云南中甸。

# 爱在衢州

钱塘江　向东流
钱塘源头在衢州
山滴翠　水碧透
梦里也在岸上走
你和我　手挽手
跟着妈妈走不丢
亲不够　爱不够
走到东海看日头

钱塘江　向东流
四省往来过衢州
烂柯山　圣人后
橘子树下数星斗
你和我　手挽手
一个伙伴不能丢
亲不够　爱不够
故乡住在心里头

注：2015 年 11 月创作于钱塘江源头浙江衢州。

# 奥林匹克·北京

带着这个梦　一百年的梦
我们已经等了很久很久
从黑夜到天明
带着这个梦　一百年的梦
我们已经走了很远很远
从奥林匹亚到北京
西方的神话　东方的文明
心灵的传递一刻也没有停
场上的拼搏　场下的相拥
这一刻世界不再陌生
啊　奥林匹克　北京

带着这个梦　一百年的梦
我们从来没有放弃追寻
从坚信到成功
带着这个梦　一百年的梦
我们总是这样战胜命运
从奥林匹亚到北京
太平洋的波涛　大西洋的风

五环的旗帜上飞扬着共同
无限的超越　无限的激情
这一刻世界变得年轻
啊　奥林匹克　北京

注：创作于2008年北京奥运会前夕。

# 奔跑的火炬

接过你的微笑
接过你的自豪
接过你手中燃烧的骄傲
穿越五洲原野
穿越四海波涛
连接一条世界最长的跑道
向前奔跑　奔跑　火炬在奔跑
向前奔跑　奔跑　激情在燃烧
去点燃圣火点燃期盼
去点燃我们共同的梦想

举起你的目光
举起你的尊严
举起你心中虔诚的祈祷
穿越城市田园
穿越大漠之角
结成一条五彩相连的大道
向前奔跑　奔跑　火炬在奔跑
向前奔跑　奔跑　激情在燃烧

去点燃圣火点燃期盼

去点燃人类和平的微笑

注：创作于2008年北京奥运会前夕。

# 又一个春天

一路春风
一路温暖
又一个春天来到人间
一江春水
一段浪漫
又一片希望正蓬勃盎然
紫燕归　恋故园
绿莺唱　上青天
好一派太平盛世气象万千
你看那大江东去也遂人愿

一场春雨
一捧甘甜
又一个春天来到人间
一份欢喜
一份期盼
又一个声音在前头召唤
蓝天高　旗帜展
奔小康　大路宽

好一幅壮丽画卷风光无限
你听那春天的故事又开新篇

注：2008年早春，全国“两会”召开之际，创作于北京西三环北路1号。

# 荡秋千

傍晚的山村升起了炊烟
一缕缕一团团多么好看
姑娘们来到打谷场上
让我们尽情地荡起秋千
荡啊荡啊
像轻盈的风
似展翅的燕

劳动创造了丰收的果实
爱情耕耘着美好的明天
让理想插上飞翔的翅膀
随我们一起荡入云端
荡啊荡啊
像结伴的鸟
似成双的燕

明朗的月亮露出了笑脸
皎洁的月光似流银一般
自由的秋千在夜空中飞荡

山村就像个沉醉的摇篮
荡啊荡啊
看谁荡得最高
看谁笑得最甜

注：1980 年 8 月，率黑龙江省军区演出队赴边防慰问，至东宁边境朝鲜族村落，军民联欢至夜不散，遂作了这幅民俗词画。

# 镜泊湖的传说

相传在很久很久以前
红罗仙女飘飘下凡
她撩开水帘梳洗打扮
却把镜子遗落山间
从此这里长出一片湖面
照着青山　也照着蓝天

今天我流连流连忘返
为了那永远永远的怀念
我寻遍湖山轻声呼唤
只望姑娘再回人间
但见湖上升起薄雾一片
飘向青山　也飘向蓝天

注：1985 年夏秋之交，率武警黑龙江总队演出队赴牡丹江地区巡演，至仙境镜泊湖，听当地老人讲述镜泊湖的传说，遂成词。

# 七仙女

和风飘飘　花雨摇荡
捉弄佳人衣裳
故国神游　今夕何年
别是梦里故乡
千年传说　百年沧桑
天上地上
问君记否　天河岸边
儿女情长

七仙女　朵朵芳
一蓬一丛女儿妆
一树一枝　千姿百态
看不够　一朵一品
国色天香

青山依依　碧水荡漾
犹记那时以往
风雨无情　鹊桥有约
谁解心中惆怅

逝水流年　红颜未老
人间天堂
请君归来　与我同歌
地久天长

七仙女　朵朵芳
一枝一曲一段香
一抹一捻　一颦一笑
唱不尽　一代风流
美在东方

注：2010 年为北京“七人女子乐坊”而作。创作中联想嫁接了《天仙配》中七仙女的形象，郭晓天作曲。

# 莎拉拉

白云深处我的家
人们叫我莎拉拉
都说我的嗓子好
两只眼睛会说话

小河流过我的家
和我一样爱唱歌
河水多长歌多长
唱到天边我陪着它

春天唱红满山花
秋天唱熟遍地瓜
唱得人们笑弯了腰
肥了牛羊醉了霞

我的家乡美如画
可惜没人知道它
假如你要认识我

你就带上你的琴骑着你的马
跟着我的歌走进我的家

注：2000 年夏创作于北疆伊利尼勒克。

# 放歌海西

捧一朵最美的浪花　送给你
借一双海鹰的翅膀　飞临你
啊　海西　美丽的海西
你正在中国的东南方崛起

写一篇最美的诗行　赞美你
和一首海燕的鸣唱　祝福你
啊　海西　多情的海西
你正在孕育着蓬勃的生机

任海风吹拂了千年百年
看潮起潮落喜逢花季
快敞开你的胸怀面向大海
去接纳八方来客四海兄弟

让海峡飞架起一道彩虹
看两岸携手崭新世纪
快张开你的热情拥抱明天
去创造东方海西世界奇迹

啊　海西　美丽的海西
请接受海西儿女由衷的赞礼
啊　海西　多情的海西
啊　海西　希望的海西

注：2012 年冬创作于福建海西新区。

# 美在景东

曾几时　都说很长很长
南诏国的风吹绿了这片山岗
你看那杜鹃湖畔杜鹃怒放
长臂猿自由地舞蹈欢唱
来来来　来吧朋友
走一走　总难忘
这里是一个古老神奇的地方

曾几时　都说很长很长
无量山的云随马帮飘向远方
你看那峰缠玉带令人神往
黄草岭古道上茶叶飘香
来来来　来吧朋友
莫错过　好时光
这里是东方普洱茶的故乡

曾几时　都说很长很长
景东人的梦圆在阳光路上
你听那三弦声声月下摇荡

不眠的篝火热情正旺

来来来　来吧朋友

告诉你　告诉世界

这里是一个生长希望的地方

注：2009 年初夏创作于云南景东。

# 天下锡都

爱是一座城
君是一枝花
城在彩云南
花香飘天涯
城中金湖水
湖畔百姓家
与君喜相逢
媒约阴山下
啊个旧　美丽的锡都
如梦如幻
如云如霞
啊个旧　神奇的传说
如琴如歌
如诗如画

爱是一座城
君是一枝花
千年风和雨
今朝吐芳华
笑迎好朋友
作客烘王家
与君常相忆
神山留佳话
啊个旧　古老的锡都
风里多姿
雨后奇葩
啊个旧　青春啊焕发
锡光璀璨
美名天下

注：2009 年春，应云南个旧市文化局之约创作。

# 人字桥

架起两座山
连接一片天
人字桥上走一遭
来去两百年
人恋桥下水
桥结人间缘
阿哥阿妹鹊桥会
不用再吆唤
啊　人字桥
在屏边
人字桥啊在屏边
屏边在云南

站在彩云里
怀抱万重山
人字桥上留脚步
今昔是何年
南来北往客
何必曾相见

千般姿色万种情

都在画里边

啊　人字桥

在屏边

人字桥啊在屏边

屏边在云南

注：2009 年秋创作于云南红河州屏边。

# 天湖纳木错

湖水连着天边　如雨如烟
霞光飘在湖面　如梦如幻
白云结成哈达　如玉如链
牵着我的思念走近你的身边
啊　纳木错　天上的湖
让我撩开你的面纱看一看

雪山抱着碧水　相依相伴
微风荡起涟漪　似锦似缎
圣水滋润草原　天上人间
感谢你为家乡生出美丽容颜
啊　纳木错　天上的湖
让我对着你的镜子梳洗打扮

注：2004 年 8 月应西藏歌手贺继红之约而作。

# 开春了

春风在田地上疾走奔跑
把春天的消息向人们报告
按不住的喜悦按不住的欢笑
舒心的歌儿
唱给山川唱给江河唱上云霄

春打六九头
喜鹊喳喳叫
春草发新芽
花儿正含苞
春枝空中摆
小麦伸直腰
春水向东流
往事知多少
春风遂人愿　艳阳高照
我们走的是一条金光大道

春雨润湿了姑娘们的衣角
把农家的新楼轻轻叩敲

新一年的希望新时代的自豪
知心的话儿
甜在心头漾在嘴角喜上眉梢

春雨敲开门
春耕起得早
春妮踏歌来
河边听春潮
家后栽梧桐
凤凰飞不了
门前种芝麻
日子节节高
春风啊春雨　杨柳千万条
前头是一个灿烂的明朝

注：1999 年中央电视台“农民春晚”曲目，黄钟声作曲，梦鸽、魏金栋演唱。

# 踏　春

桃花红了唇
柳枝绿了身
桃红柳绿又一春
逝光去无痕
春风推开窗
春雨敲开门
少年结伴老年跟
笑声追彩云
百花争春逢盛世
人心齐向日一轮
争春时　惜如金
踏春最念播春人

青青塬上草
绰绰楼外林
千姿百态看不尽
人间处处春
一湾春江水
两岸气象新

啼莺声里听潮奔
年年待佳音
四方齐颂和谐事
心潮更比春潮频
故园情　儿女亲
惜春还须扮春人

注：2007 年春作于北京远大路 22 号院。

# 春 颂

桃花雨　雨纷纷
杏花山　朵朵云
几度清风入梦来
遍看神州又一春

春江水　东流去
花溪畔　柳色新
谁家姑娘踏歌来
再添画中又一人

百花争春逢盛世
万紫千红喜甘霖
故园情　儿女亲
惜春最念领春人

注：2007 年春创作于北京远大路 22 号院。

## 新年圆舞曲

节日的晚会上灯火辉煌
亲爱的朋友们欢聚一堂
送别你　光荣的岁月老人
欢迎你　年轻的春姑娘
你看她　步子是那样轻盈
你看她　身姿是多么漂亮
你看她的微笑是那样动人
骄傲的眼睛里神采飞扬

注：1981 年元旦创作于哈尔滨军工大院 21 号楼。

# 前进在党的号令中

党中央发号令
号令震天空
三军将士齐奋勇
奋勇踏浪行
党中央发号令
号令震长空
百万雄师锁大江
长臂伏蛟龙

为了昨天的荣誉
为了战旗更红
为了祖国的嘱托
为了人民的生命
迎接决战的考验
跨越世纪的洪峰
中国人民的意志
谁也不能战胜
前进　我们前进

## 前进在党的号令中

注：1998 年夏，中国遭受百年不遇洪水，部队大集结大调动大驰援。笔者随军赴抗洪前线参战，即得该词。同年获全军文艺会演创作奖。

# 我们与人民同舟

当人们需要的时候
我们迎向滚滚激流
当洪峰压来的时候
我们挺身扑向浪头
我们是不溃的大堤
大堤是我们的血肉
我们与大堤同在
我们与人民同舟

注：1998 年夏，创作于抗洪前线松花江大堤。

# 中国的声音

中国上空回荡着一个声音
万众一心　众志成城　众志成城
这声音飞越江河大海　崇山峻岭
向人类传递着亿万颗爱心
春天属于我们　鲜花属于我们
春天属于每一个热爱春天的人
春天属于我们　微笑属于我们
春天属于所有孩子所有母亲

中国上空回荡着一个声音
走出风雨　走出逆境　走向光明
这声音集合黄河长江泰山昆仑
向世界宣示着一个民族必胜的信心
春天属于我们　光荣属于我们
春天属于用生命歌唱生命的人
春天属于我们　胜利属于我们
春天的脚步永远不会停

注：2003 年 3 月，创作于抗击“非典”期间。

# 天　使

那天那个晚上　风急雨也狂
孤独中　遇见了你的目光
那白色衣裳　像白兰一样
都说你是天使飞降
给我温情　给我坚强
给了我重新站起重新歌唱的渴望
走出风雨　走出迷茫
跟着你　走向阳光

那天那个早上　风和日又朗
告别你　却不见你的目光
那白色衣裳　像白云一样
都说你在天上飞翔
心在流泪　花在开放
为什么你死我生悄然归去如平常
你去何方　你在何方
与谁诉说　我的衷肠

那白色衣裳　像白兰一样

都说你是天使飞降

那白色衣裳　像白云一样

都说你在天上飞翔……

注：为在抗击“非典”斗争中以身殉职的女医生李晓红烈士而作。

# 远山在呼唤

远山在呼唤
远山在呼唤
一分钟太长
一秒钟太慢
远山在呼唤
远山在呼唤
恨不能身长翅膀
第一时间飞到你身边

生也为你生
死也为你还
还有什么比母亲遇难
更让儿子心悬
生也为你生
死也为你还
就是山崩地裂千难万险
也心甘情愿

注：创作于2008年汶川大地震抗灾前线映秀镇。

# 一个士兵的表情

一张没有表情的脸
只有沉默　只有隐痛
一个出生入死的勇士
不言壮烈不言英雄
我看见
他的心还在流泪
为生者祈福　为逝者远行

一段不愿重复的故事
只有沉默　只有深情
一双伤痕遍布的双手
还需要讲什么过程
我看见
他的心还在流泪
苦恋着青山　呼唤着再生

注：创作于 2008 年汶川大地震抗灾前线都江堰。

# 我用什么回报你

说了声再见却没进家门
丢下个微笑却没留姓名
我用什么回报你
为什么这样来去匆匆
抚平了伤口你又离去
擦干了泪水你又出征
我用什么回报你
为什么你死我生

你是春风　只为花开满庭
你是秋月　只为守候安宁
你是朝霞　只为呼唤黎明
你是牧歌　只为陪伴黄昏

我用什么回报你
我的士兵　我的士兵弟兄

注：1995 年创作于北京花园东路甲 9 号。

# 忠　诚

阳光明媚的时候
你牵来一缕清风
夜黑迷路的时候
你举起一盏灯
风雨飘摇的时候
你撑起一把伞
生死攸关的时候
你挺起年轻的胸
啊
来也匆匆　去也匆匆
生也忠诚　死也忠诚

亲人流泪的时候
你说你一样心疼
万家欢聚的时候
你说你乐在其中
鲜花簇拥的时候
你说要感谢母亲
掌声响起的时候

你说你代表民众
啊
走得也正　行得也正
生也忠诚　死也忠诚

注：2002 年创作于武警陕西总队某部。

# 春　耕

一路春风　一路暖阳
又一个春天来到身旁
一粒种子　一粒金黄
快播下你的希望你的梦想
燕子归　恋故乡
黄金屋　地里藏
莫辜负这一年一度的好时光
你听那布谷声声
声声情长

一场春雨　一捧欢畅
北京的声音在田间回响
一份真诚　几多热望
快挽起你的爱恋你的姑娘
政策好　人气旺
科技花　枝头香
好一派天地人合的大气象
你看那千家万户
春耕正忙

注：2013 年应中央电视台农业频道之约创作。

# 丰收中国

望不尽这丰收的景象五谷飘香
品不够这欢庆的美酒黄河长江
丰收的中国　世界在瞩望
舒心的歌儿漫过了田野醉了城乡
家有粮　心不慌
百业兴　人畜旺
民以食为天从古说到今
粮安天下　大路朝阳

你可知道这丰收的路上雨雪风霜
新时代的和风吹送黄金万两
多少人的耕耘　多少人的热望
春种秋收饮水思源源远流长
家有粮　心不慌
岁岁增　年年长
丰收的中国越走越亮堂
粮安天下　天道无疆

注：2014 年应中央电视台农业频道之约创作，黄钟声作曲，王二妮演唱。

# 三亚湾

送你一片阳光
送你一片海蓝
送你一张请柬
三亚湾的笑脸

送你一缕椰风
送你一片沙滩
送你一份温柔
三亚湾的浪漫

欢迎你　到这里看一看
看不够的是海
走不完的是流连
欢迎你　到这里住上几天
放慢你的脚步
让心在这里静静靠岸
欢迎你　来这里住上几天
敞开你的胸怀
让心与大海亲密交谈

注：2010 年春创作于海南三亚湾。

# 我站在金沙江上

风还在峡谷里歌唱
它是在呼唤那些难忘
云还在江面上流淌
它是在追寻那个梦想
当年红军曾在这里北渡
远去的枪声依稀还在耳旁
多少英雄壮士血染金沙
把崇高理想刻在岸上

风还在峡谷里歌唱
它是在赞美昨天的悲壮
云还在江面上流淌
它是在向往明天的辉煌
今天我站在你的身旁
再写金沙水拍的英雄乐章
挽起你的波涛汇聚力量
让光明点亮你的梦想

我站在金沙江上　呼唤那些难忘

我站在金沙江上　追寻那些梦想
我站在金沙江上　赞美你的悲壮
我站在金沙江上　向往你的辉煌

注：2008 年全国首届流行歌曲创作大赛展播曲目。朱廉洁作曲、叶凡演唱。

# 中国之花

五十年风雨凝聚热血
五十年拼搏打造世界
五百强的行列里走来了我们
光荣的中国中化集团企业
中国中化　灿烂之花
花漫神州　香飘天涯
中国中化　自强之花
为新中国建设输血加热

新世纪风起波澜壮阔
新世纪云涌潮起潮落
中国中化舰船破浪前进
挽着时代风云一路高歌
中国中化　骄傲之花
创造价值　追求卓越
中国中化　自豪之花
让伟大和诚信走遍天下

注：2007 年应中化集团之约创作。

# 追梦路上

用钢铁的意志凝聚力量
用钢铁的臂膀托起希望
英雄的土地　英雄的儿女
追梦路上挺起钢铁脊梁
看　栗花遍野　钢花迸放
一个传奇留下一路芬芳
产业报国　初心不忘
我们把梦想铸成壮丽的篇章

用宽广的胸怀拥抱世界
用创新的智慧追求更强
火红的年代　火红的青春
飞扬的激情越烧越旺
看　滦河滚滚　奔流到海
津西品牌昂首走向四方
敢为人先　打造一流
我们把辉煌唱给明天的太阳

注：2018 年 4 月，作于“中国栗乡”迁西津西钢铁集团。

# 守护春天

面对着一张张迷茫的脸
我们让忏悔告别昨天
面对着一双双失落的眼
我们让心灵回到岸边

面对着一张张久违的笑
我们用尊严唤醒尊严
面对着一行行感恩的泪
我们让人生重新扬帆

我们工作着　我们快乐着
我们为选择自豪无限
我们努力着　我们收获着
我们把神圣扛在双肩

头上的岁月　身边的流年
我们为生活奉献平安
改革的前沿　心中的家园
我们为人民守护春天

注：2011 年应深圳监狱之约创作，并献给全国司法一线的干警们。

# 大路朝阳

一路春风　一路阳光
我们在改革路上放飞理想
一路艰辛　一路难忘
我们在黄土地上书写辉煌
蓝天高　黄花黄
陇东人　自古强
鲜红的旗帜迎风飘扬
庆阳公交一路豪迈奔向前方

环绕城市　情暖山乡
我们在阳光路上编织梦想
多少期待　多少热望
我们让欢声笑语连接四方
车轮飞　有方向
天外天　路还长
美好的前景无限风光
庆阳公交驮着庆阳大路朝阳

注：2013 年冬创作于甘肃庆阳。

# 你的平安　我的愿望

用我们的承诺支撑坚强
用我们的责任注入保障
用我们的汗水洗却隐患
用我们的智慧放飞梦想
与你同行　伴你歌唱
你的平安　我的愿望
一路春风　一路阳光
让我们共同收获梦想

用我们的真诚回报期望
用我们的成功分享荣光
用我们的微笑送去祝福
用我们的生命寄托辉煌
与你同行　伴你歌唱
你的平安　我的愿望
一路春风　一路鲜花
让我们一起拥抱辉煌

注：2010 年应江苏省质监局之约而作。

# 初二·二班

明亮的教室里
坐着一群灿烂的脸
灿烂的脸上
长着一双双渴望的眼
老师的每句话
都是那么生动新鲜
带我们遨游在天空海洋大河高山
初二·二班，阳光灿烂
你的故事将伴随我们一直到永远

鲜艳的旗帜上
展开一片梦想的天
快乐的生活里
撑起一把温暖的伞
班级的每个人
总是那样亲密无间
就像一群远飞的大雁团结向前

初二·二班，阳光灿烂

今天的准备明天的挑战青春无限

注：2008 年全国首届流行歌曲创作大赛展播曲目。黄钟声作曲、北京师范大学附中演唱。

# 青春焕发

我们走过青春的年华
都曾经拥有满天朝霞
今天的你我结伴相约
一个夕阳染红的家
昨天的憧憬　明天的向往
梦想的脚步不会停下
老有所教　老有所学
松柏常青　学海无涯

我们无悔逝去的年华
光荣已留作岁月之花
生活的道路向前延伸
人生在这里继续出发
飞旋的舞步　挥动的潇洒
奋进的歌声里让心放达
老有所为　老有所乐
岁月不老　青春焕发

注：2013 年冬创作于青海省老干部大学。

## 江山如此多娇

抖落岁月的风霜
牵着流年的衣角
走近群山　走近江河
扑进大海的怀抱

迷恋塞北的飞雪
驻足江南的小桥
漫步田野　穿越大漠
问询神秘的古道

啊　江山如此多娇
啊　江山如此多娇
留住晨曦一抹
留住黄昏夕照
留住你的背影
还有那久违的回眸一笑

啊　江山如此多娇
啊　江山如此多娇

神州百年巨变
怦然瞬间心跳
忽闻谁家少年
又唱起那支美妙的歌谣

注：2010 年夏，应作曲家王黎光之约创作于北京。

# 中国梦想

一个几辈人的追寻
一个几代人的梦想
你的话语说出了亿万人的热望
迎着报春的飞雪
牵着和煦的阳光
你的深情暖热了神州四方
啊
民族要复兴
中华要图强
华夏儿女在梦想的路上走过漫长
民族要复兴
人民奔小康
中国特色社会主义道路前程辉煌

一个几辈人的追寻
一个几代人的梦想
你的自信坚定了向前走的方向
铺开心中的蓝图
描绘崭新的气象

一个春天开始的故事越唱越亮
啊
民族要复兴
中华要图强
华夏儿女在梦想的路上乘风破浪
民族要复兴
人民奔小康
中国特色社会主义道路前程辉煌

注：2012 年 11 月，中国共产党第十八次全国代表大会胜利召开。“中国梦”成为一个时代的最强音。是年冬，应邀赴福建，写下这首歌词。

# 百年千年

敞开你的心扉
放飞你的畅想
记住你的回忆
留下你的难忘
你听　新世纪的钟声已经敲响
所有的人都向她欢呼歌唱
你听　新世纪的钟声已经敲响
整个世界都被这震颤激荡
一百年一次　红颜未老
一千年一回　地久天长
百年不遇　千载难逢
让你我用心把她珍藏

伸出你的双手
拥抱你的梦想
扬起你的风帆
驶进你的渴望
你听　新世纪的钟声已经敲响
所有的期待都注视一个目光

你听　新世纪的钟声已经敲响
碰撞的激情都在这瞬间奔放
一百年一次　红颜未老
一千年一回　地久天长
百年不遇　千载难逢
让你我用心把她珍藏

啊　一百年　一千年

注：作于1999年12月31日，人类新世纪到来前夜。单炳波作曲、孙楠演唱。次年获中宣部“五个一工程”奖。

# 绿水青山就是金山银山

春带雨　风送暖
春归北疆五月天
一道喜讯争相告
千家万户笑开颜

似一夜春风绿了山川
似一场春雨润了田园
多少牵挂　多少期盼
贴心的话语暖热心田
青山绿水　绿水青山
绿水青山就是金山银山
留住青山　留住绿水
要留住这片希望这片依恋

你走进林场走进莓园
你推开林业工人心窗一扇
你放眼林海登高远看
为我们展开一幅壮丽的画卷
冰天雪地　雪地冰天

冰天雪地也是金山银山
转型发展　生机无限
奔小康大路朝阳越走越宽

注：2016年5月，习近平主席视察我的家乡伊春，消息传来，如沐春风，如淋春雨，自豪与希望并生，遂欣然命笔。黄钟声作曲、吴静演唱。

# 把健康带回家

带上你的喜悦
带上你的快乐
带上一年三百六十五个日月
带着家的期盼
带着家的牵挂
把家的惦念家的呼唤带回家
出门在外
海角天涯
盼到花开盼花落
你说盼啥
健康是福
健康是乐
过年带啥都不如
把健康带回家

带着你的付出
带着你的收获
带着一年三百六十五个日夜
带上你的梦想

带上你的计划
把健康中国健康生活带回家
喊声老爸
喊声老妈
老人欢喜儿孙笑
喊出泪花
健康是福
健康是乐
唱着歌儿奔小康
把健康带回家

注：2018 年央视第七频道《回家过年》春节晚会主题曲，单炳波作曲，乌兰图雅演唱。

# 中国　青春永在

这是很久的期待
这是春天的花开
神州大地
千姿百态
山起舞　水结彩
江河澎湃
啊　江河澎湃

这是很久的期待
这是历史的安排
大江南北
长城内外
山有情　水有爱
人民豪迈
啊　人民豪迈

民族复兴
百年抗争
英雄儿女一代一代

万众一心
初心不改
梦想正在向我们走来
巨轮破浪
蛟龙出海
神舟遨游九天云外
一带一路
敞开胸怀
四海朋友牵手未来
中国　中国
我们衷心祝福你
中国　中国
愿你青春永在
啊　我的中国
愿你青春永在
啊　我的中国
愿你青春永在

注：2017 年 11 月创作于北京。羊鸣作曲、王莉演唱。

# 二

# 行军路上

风　带走了那片云朵

梦　留在了那片旷野

雨　打湿了那个秋夜

心　还在那条路上跋涉

……

# 长　路

风　带走了那片云朵
梦　留在了那片旷野
雨　打湿了那个秋夜
心还在那条路上跋涉
啊
那支队伍那面红旗那年那月
那次送别　那双草鞋
那支队伍那次远征那年那月
那次宿营　还有那堆篝火
那一腔情那一腔爱那一腔热血
那条长路把胜利迎接

风　带走了那片云朵
歌　留在了那条江河
雪　飘白了那个冬夜
期待着从你的春天走过
啊
那支队伍那面红旗那年那月
那场激战　那匹烈马

那支队伍那颗红星那年那月
那个微笑　还有那次握别
那份崇高那份悲壮那份伟大
那条长路把今天连接

注：2006年10月，中国工农红军胜利到达陕北70周年。回望历史，抚今追昔，恍若一个孤独的思想者站在漫无边际的荒原上，望着天上的流云，欲歌难罢。于是，有了这首站在今天写昨天的《长路》。刘奇作曲、叶凡演唱。先后获全军创作一等奖和中宣部“五个一工程”奖。

# 祖国　我来了

祖国　祖国　我来了
十八岁的年纪多么美好
昨天书包里的那个梦
今天在战士头上闪耀
为我自豪吧　故乡
为我骄傲吧　父老

祖国　祖国　我来了
开花的季节是多么美好
今天集合在春风里
明天的辉煌在战旗上飘
为我祝福吧　妈妈
为我送别吧　母校

抖一抖精神
正一正军帽
敬一个军礼
喊一声报告

祖国　我来了

祖国　我来了

注：1997 年创作于上海，王为作曲、陈忆演唱。获全国音乐电视大赛银奖并被上海市人民政府确定为征兵歌曲。

# 热血男儿

风华正当年
少壮从军行
家国一身担
忠孝两难能
掩面低眉藏热泪
昂头向天唱大风

男儿热血　热血男儿
就这般轰轰烈烈沸沸腾腾
男儿热血　热血男儿
就这般铮铮铁骨别样柔情

几经风雨狂
几回死后生
生死不却步
来去两袖风
功名利禄欲何求
海誓山盟自多情

男儿热血　热血男儿
就这般威威武武堂堂正正
男儿热血　热血男儿
就这般耿耿忠心一腔豪情

注：2002 年创作于海南，电视连续剧《武装特警》插曲。

# 风火雷电

你是风　你就风卷残云
你是火　你就火焰飞腾
你是雷　你就惊天动地
你是电　你就划亮夜空
风里走火里行披电光挟雷鸣
你是风火雷电
你是风火雷电的精灵

你是风　你就来去无影
你是火　你就万丈豪情
你是雷　你就山呼海啸
你是电　你就纵身光明
山在呼海在啸天在转地在行
你是风火雷电
你是无敌无畏的英雄

注：2002 年创作于海南，电视连续剧《武装特警》主题歌，满文军演唱。

# 血性男儿钢铁汉

军人的热血是奔腾的河
军人的豪情是燃烧的火
军人的身躯是挺拔的山脉
军人的生命是好汉的歌
血性男儿，血色年华
英雄好汉顶天立地是钢是铁
血性男儿，血色年华
千里疆场万里征途一路高歌

军人的愤怒是沉默的火
军人的爱情是热烈的歌
军人的使命是妈妈的嘱托
军人的荣耀是他的祖国
血性男儿，血色年华
英雄好汉轰轰烈烈去拼去搏
血性男儿，血色年华
千难万险百折不回一路高歌

注：2006 年 8 月创作于北京，武警男声合唱团演唱。

# 一个英明的主张

一个英明的主张
来自一个叫三湾的地方
一个不朽的真理
引出胜利和希望
支部建在连上
战士找到了党
支部建在连上
就像孩子有了亲爹娘

一个英明的主张
来自一个叫三湾的地方
一个不朽的真理
坚定了最初的渴望
支部建在连上
沙粒就能聚成山岗
支部建在连上
细流也能汇成巨浪

一个英明的主张

来自一个叫三湾的地方
一个伟大的开始
预示着明天的辉煌
支部建在连上
就不怕惊涛骇浪
支部建在连队上
钢枪永远永远闪亮

注：1991 年 3 月创作于上海，先后谱写为合唱及独唱两版，入选中国人民解放军曲库，在部队中广泛传唱。

# 我们的历史

不要说我们
当兵的历史是这样短暂
不要说我们
身上的军装还没穿几天
当祖国把钢枪放在我肩头
我就是一棵长成的大树
一座挺拔的山

不要说我们
没跟着红军过草地雪山
不要说我们
没在那青纱帐和鬼子周旋
当人民把尊严刻在我胸前
我身后早有二万里征途
十万里硝烟

不要说　不要说
要说就这样说
我们来自南昌城

我们来自井冈山
我们来自延水头
我们来自大江边

要说就这样说
不信去问大海
要说就这样说
不信去问群山
要说就这样说
不信去问江河
要说就这样说
不信去问蓝天

江河　群山　大海　蓝天

注：1990 年春创作于武警黑龙江总队。

## 当兵来到南湖畔

当兵来到南湖畔
清风带我去看红船
一艘画舫　一根长竿
就是它载着一个民族驶出了黑暗
南湖水　烟波涟
人虽去　情依然
啊　红船　红船
人未到岸心已上船

好山好水好江南
红船犁出一个新纪元
一盏明灯　百年巨变
引领着社会主义中国破浪向前
望红船　热泪涟
问红船　却无言
啊　红船　红船
战士听见了你的召唤

注：2013 年创作于浙江嘉兴南湖。

# 啊　战旗

你是风的笑脸
漫过万水千山
你是云的翅膀
穿越炮火硝烟
多少英雄儿女
追随着你的呼唤
多少勇士倒下
依然举着你的尊严
啊　战旗　我们的战旗
在血与火的征途上漫卷

你是海的风帆
站在波谷浪山
你是爱的火焰
守候朝霞满天
掠过电闪雷鸣
你总在风雨前沿
抖落战斗风霜
你把依恋留给蓝天

啊　战旗　我们的战旗
在走向胜利的道路上招展

注：2007 年创作于北京西三环北路 1 号。

# 我们从这里出发

有一种情感像蓝天一样高尚
有一种向往像江河一样漫长
每当我走近你的身旁
我的心就激荡成汹涌的海洋
啊　天安门广场　神圣的广场
看见你的目光
我就看见妈妈的希望
听见你的声音
我就听见神州的回响

我们从这里出发
条条道路都是你延伸的光芒

有一种感激从不用话语歌唱
有一种表白总是在心底珍藏
每当我走近你的身旁
我的爱就融进你博大的胸膛
啊　天安门广场　神圣的广场
拥抱你的黎明

我就感受太阳的辉煌
仰望你的旗帜
我就和你一起飞翔

我们从这里出发
条条道路都是你延伸的光芒

注：1998 年创作于北京塔院，郑万兴作曲。获全军文艺会演创作一等奖。由青年歌唱家陈忆拍摄音乐电视在中央电视台播出。

# 为了你的嘱托

也曾穿行在北方的山野
也曾出没在南方的江河
也曾宿营在东海的渔村
也曾跋涉在西部的大漠
啊　祖国　亲爱的祖国
你是我温暖的怀抱
我是你身上的绿色
你伟大　我光荣
你富强　我放歌
这一切一切太多太多
都是为了你的嘱托

也曾巡逻在霓虹的大街
也曾停留在酣睡的农舍
也曾徜徉在金色的黄昏
也曾依恋在黎明的时刻
啊　祖国　亲爱的祖国
你是我梦中的天空
我是你放飞的白鸽

你安宁　我祝福

你放心　我欢乐

这一切一切永远永远

都是为了你的嘱托

注：2001 年创作于北京西三环北路 1 号。

# 山谷巡逻

风声轻轻
月色皎皎
山谷的夜晚静悄悄
万家灯火
已经熄灭
我们的巡逻队出发了

穿过寂静的山岗
警徽在密林中闪耀
攀上陡峭的山峰
刺刀比山峰更高
你听谷底传来声声低唱
那是小溪向我们祝福问好
我们在这里保卫着梦境
让鲜花醒来向太阳微笑
山谷　你好
山谷　你好

拨开缠绕的迷雾

细数着每一块界标
留下深情的脚印
竖起防线一道
你听林中传来声声回响
那是啄木鸟把大山轻轻叩敲
我们在这里留下祝愿
让百灵醒来向亲人报晓
祖国　你早
祖国　你早

注：1988 年春节前夕，来京受领创作任务，在归乡火车途中，因无座难以安睡，遂借过道微光写就这首歌词，1992 年被朝鲜社会安全部艺术团选为访华曲目。金凤浩作曲。

# 穿越唐古拉

来不及告诉心爱的姑娘
来不及告别亲爱的妈妈
闪电划破宁静的夜空
我们英雄的部队已经出发
穿越唐古拉　穿越唐古拉
从昆仑山口直到喜马拉雅

暴风雪弥漫着神秘的天路
勇士们习惯了创造神话
为了心中神圣的使命
谁也挡不住我们的金戈铁马
穿越唐古拉　穿越唐古拉
我们在祖国的命令里进发

穿越唐古拉　穿越唐古拉
用忠诚去浇灌幸福之花
穿越唐古拉　穿越唐古拉

## 战旗在头上　天在脚下

注：2008年春，部队奉命长途拉动奔赴西藏执行任务，翻越人迹罕至的唐古拉山山脉，留下了一曲荡气回肠的悲壮战歌。黄钟声作曲、武警男声合唱团演唱。

# 我们的战车回来了

大路上掠过一阵风暴
路旁竖起十里狂飙
一路风尘红光闪
我们的战车回来了

经受了烈火的洗礼
红光更闪耀
饱尝了浓烟的熏陶
铁骨更牢固
看银龙盘卧
且不吼叫
云梯巍然
也添自豪
胜利的喜悦在我心头跳跃
凯旋的歌声随着车轮跑

赢得了人民的信任
战士多自豪
保卫着祖国的春天

春天才美好
看高楼翘首
绿树列队
广场开怀
鲜花漫道
到处都有热情的目光
到处都是赞美的笑

大路上掠过一阵风暴
路旁洒下一串欢笑
扑灭了烈火
带回了捷报
我们的战车回来了

注：1983年2月，创作于哈尔滨消防支队，获武警部队创作一等奖。王克俊作曲。

# 和平远征

军号已吹响送行的歌
心头还牵着故乡的月
深情望一眼亲爱的祖国
你的战士要远征向你告别
带上你的荣耀
带上你的嘱托
把你的祝福带到那遥远的角落
跟着白鸽飞　天高海阔
愿阳光用热烈的双手把你迎接

万水千山我们走过
炮火硝烟我们闯过
举头望一眼神圣的军旗
你的战士早已把生死忘却
带走你的期盼
带走你的关切
把中国军人的风采告诉世界
待到橄榄树长满绿色
让海风把和平的消息送回祖国

注：2004 年为联合国赴非洲中国维和部队创作。

# 穿上这身橄榄绿

穿上这身橄榄绿神圣又荣光
头上顶着是国徽蓝天和太阳
站岗放哨风和雨雪地又冰霜
万里山河万里长处处是家乡
祖国放心　人民夸奖
妈妈嘱托千斤重一刻不敢忘
祖国放心　人民夸奖
忠诚卫士好儿女家国一身当

走在这个队伍里威武又雄壮
听党指挥上一线立功在战场
危难时刻冲在前二话咱不讲
生死关头不却步热血满胸膛
国家昌盛　百姓安康
妈妈微笑我自豪遍地是春光
国家昌盛　百姓安康
忠诚卫士好儿女威名天下扬

注：2005 年创作于驻北京清河某部。

# 班长把哨位交给我

把钢枪交给我
把目光交给我
就这样班长把哨位交给我
把朝霞交给我
把炊烟交给我
就这样祖国把早晨交给我
望见了故乡的云
听见了妈妈的话
这一刻的感觉是这样特别
望见了山脚下有一条弯弯的路
它一定连着家乡门前那条小河

把口令交给我
把警惕交给我
就这样班长把哨位交给我
把星光交给我
把月光交给我
就这样祖国把放心交给我
望见了都市的灯

听见了乡村的歌
这一刻有多少甜蜜多少欢乐
借一颗最亮的星借一轮最美的月
把我的祝福送到祖国每一个角落

注：2009年创作于武警文工团。黄钟声作曲、彭高平演唱。

# 我们都是雷锋

英雄的旗帜火样红
英雄的集体我光荣
当兵来到英雄的城
从此有了一个共同的名
雷锋

雷锋的青春最壮美
雷锋的故事最动听
想想雷锋比自己
人生路上有了指路的灯
雷锋

英雄的火炬我高擎
英雄的事业我继承
踏着英雄的足迹走
雷锋在我们队列中
雷锋

注：2002 年冬创作于辽宁抚顺。

# 让心靠拢

从天南地北走到一起的我们
从五湖四海聚到一起的我们
都说这是一种缘分
一种从此就解不开的缘分

在人生路上选择扛枪的我们
在英雄旗下整装集合的我们
都说这是一种青春
一种壮丽无比的青春

当走上战场准备牺牲的我们
当胜利归来无言相拥的我们
都来说这是一种命运
一种生死与共的命运

让心靠拢
靠得再近再近
让心靠拢
贴得更亲更亲

不要问我姓甚名谁
我是你的战友
你是我的弟兄

让心靠拢
靠得再近再近
让心靠拢
贴得更亲更亲
不要问我们谁高谁低
我是他的士兵
他是我的将军

注：1998 年创作于驻山西榆次某部。

# 兄弟你还记得吗

岁月匆匆三个冬夏
一颗子弹划过变成刹那
兄弟你还记得吗
回味是无边的海
眷恋在琴弦上爬

兄弟你还记得吗
裤管里的泥水鞋里的沙
胸膛对大地说的那些话
伤了痛了就咬紧牙
忘了自己就无所谓害怕

兄弟你还记得吗
点燃的祝福吹熄的蜡
许下的心愿明天的花
哭了笑了几番摔打
自己挣来的青春天大地大

兄弟你还记得吗

眼角的泪别舍不得擦

就让那一声军号

陪我们起程吧

注：2012 年创作于北京北苑。

# 再行一个军礼

汽笛响了　双手还没有松开
列车开了　眼睛还留在窗外
挥动的双手　风中摇摆
空荡的心啊　留下多少无奈
再行一个军礼吧　向着远方
谁能懂得这份情结这种表白

汽笛远了　昨天已成为未来
列车去了　前头是高山大海
默默的祝福　藏在心怀
当兵的人啊　走过人生精彩
再行一个军礼吧　向着明天
明天再把战友情谊从头道来

注：1996 年冬，奉命去新疆欢送退役老兵，乌鲁木齐车站月台上，新老兵挥泪告别，依依不舍。列车徐徐开动，空留一片冷寂，有感而发。

# 我们的故事

我们的故事很多很多，
今天我们只讲了几个几个
不知道是否把你感动
如果是这样让我们说声谢谢

我们的故事很小很小
小的就像星星一颗一颗
多年后是否你还记得
如果是这样让我们说声谢谢

我们的故事很长很长
长得就像一条大河
如果你需要我的继续
我会去告诉我们的连队我的哨所

我们的故事很多很多
多得就像满天星座
如果你忘了我的模样

美丽的星光会向你轻轻诉说

注：2010 年 3 月，创作于北京北苑。黄曦作曲、方瑶演唱。获全军文艺会演创作一等奖。

# 一路陪伴

鲜花捧着朝霞
彩云伴着白鸽
我们从你的歌声里轻轻走过
心牵一江春水
眺望万家灯火
我们在你的霓虹里天天有约
问一声祖国　你有多少嘱托
你的士兵一路陪伴风雨当歌
问一声妈妈　你有多少嘱托
我会把它告诉手中的钢枪
肩头的承诺

走进你的春光
融进你的秋色
我们把你的美丽轻轻抚摸
拥抱你的梦想
赞美你的气魄
我们为你的腾飞纵情放歌
问一声祖国　你有多少嘱托

你的士兵一路陪伴豪情似火
问一声妈妈　你有多少嘱托
我会把它告诉明天的太阳
光荣的岁月

注：2014 年创作于上海，2015 年录制 MV，央视音乐频道播出。胡旭东作曲、黄晓演唱。

# 默默祝福

当节日的烟花飞上夜空
当欢聚的酒杯斟满笑声
我们在心里默默祝福
你的战士为祖国守望和平
胜利的欢呼里
有我们的光荣
妈妈的微笑里
有我们的忠诚
默默祝福　衷心地祝福
我们为祖国守望和平

看东方的太阳正在上升
看和煦的春风绽开笑容
我们在路上默默祝福
你的战士与祖国风雨同行
飞扬的旗帜上
有我们的姓名
奋进的步伐里
有我们的豪情

默默祝福　衷心地祝福

我们与祖国一路同行

注：2002 年创作于上海社会安全局。

# 兵歌壮行

跟着太阳走
我们走过黎明
跟着月亮走
我们走过黄昏
军号穿越时空隧道
军旗漫卷崇山峻岭
兵歌是壮行的酒
兵歌是凯旋的风
兵歌是战斗的渴望
兵歌是胜利的欢腾
兵歌壮行
我们一路高歌一路豪情

跟着太阳走
我们走过黎明
跟着月亮走
我们走过黄昏
兵歌挽起世纪风雨
长江大河回荡忠诚

兵歌是大海的浪

兵歌是蓝天的鹰

兵歌是边关的冷月

兵歌是大漠的绿荫

兵歌壮行

我们一路高歌万里豪情

注：1999 年为人民武警音像出版社歌曲专辑《兵歌壮行》而作。

## 我骄傲　我是你的士兵

我骄傲　我是你的士兵
哨位上翘望你的黎明
我骄傲　我是你的士兵
晨曦里走进你的笑容
你的英姿　你的身影
经历了世纪风雨更加年轻
你的山川　你的原野
城市乡村到处和风吹送
啊祖国　我骄傲
我在你的歌声里前行

我骄傲　我是你的士兵
军旗下列队向你致敬
我骄傲　我是你的士兵
征途上分享你的成功
你的从容　你的坚定
携手在阳光路上无限豪情
你的蓝天　你的旗帜

社会主义中国大道飞虹

啊祖国　我骄傲

我在你的目光里前行

注：2007 年 10 月创作于北京花园东路甲 9 号。

# 战斗并不遥远

晓风吹拂着群山
那美丽在慢慢地飘散
年轻的士兵兄弟
注视着远处的海岸

启明星眨着眼睛
隐没在山的那边
年轻的士兵送走
送走了最后的夜暗

啊　战斗并不遥远
也许在黑夜和黎明之间
年轻的士兵听见
听见了大海的呼唤

啊　战斗并不遥远
难道在太阳升起之前
年轻的士兵知道
怎样为荣誉而战

东方已经发白
报告着新的一天
年轻的心和朝霞
一起把豪情点燃

注：2003 年创作于北京西三环北路 1 号。

# 目标正前方

一二一　把歌唱　目标正前方
胸中有大路　脚下万里长
是高山　我们跨过去
是大海　我们踏平浪
头上是咱的蓝天蓝
身后有咱的爹和娘
军旗映红了山和水
战士喜看稻花儿黄

穿过风　穿过雨　目标正前方
风雨练精兵　准备上战场
走高原　我们比天高
过大川　我们插翅膀
克敌有咱的撒手锏
打赢有咱的强中强
军歌唱不尽豪情壮
我们的队伍向太阳

注：2002 年创作于北京马连道。

## 电波神兵

在陆地在海洋在天空
在旷野在大漠在峻岭
一个无处不在的精灵
扑朔迷离　大象无形

键盘上疾走着雷霆
对星台传导着阴晴
一张无边无际的罗网
掌控万里　指挥若定

我们是光　比光还要快
我们是电　瞬息万变无穷
去穿越黑夜　报告黎明
我们是决胜的耳朵和眼睛

去拦截黑客的偷袭
去按住敌人的神经
没有短兵相见的较量
于无声处　铁马奔腾

我们是光　比光还要快
我们是电　瞬息万变无穷
当凯旋的歌声还在路上
我们又要为胜利先行

注：2011 年创作于武警石家庄士官学校。

# 飞　翔

你听那进军的号角已经吹响
背负着战斗的渴望箭在弦上
我们年轻勇敢的空中卫士
在祖国的命令里光荣启航
飞翔　飞翔
梦在蓝天　心向前方
飞翔　飞翔
让猛虎插上鹰的翅膀

掠过那连绵的山脉长风浩荡
俯瞰这多情的原野城市村庄
我们沿着妈妈期待的目光
把平安送给亲爱的家乡
飞翔　飞翔
云上的日子　令人神往
飞翔　飞翔
让等待不再遥远漫长

去迎接突然的挑战　云遮雾障

去飞临危险的战场　生死较量
我们神勇无比的特战尖兵
随时准备从天而降
飞翔　飞翔
长空亮剑　试我锋芒
飞翔　飞翔
让胜利告诉彩虹万丈

注：2013 年创作于武警太原直升机大队，姚明作曲。

# 我和你在一起

多想告诉你
我和你在一起
虽然此刻我在故乡　你在天际
多想告诉你
我正在望着你
你的感觉　我的呼吸
啊　太多太多的故事折叠成四季
我们身心相伴走过风雨
当你的微笑在太空绽放
彼此的许诺已化作神舟传奇

多想告诉你
我和你在一起
此刻你在哪片星空　哪片神秘
多想告诉你
我默默祝福你
你的凯旋　我的唯一
啊　太久太久的期待挥手九万里
我们天地遥想从未分离

当彩云驮回祖国的微笑
成功的热泪已化作漫天花雨

注：这是一首写给航天员的颂歌，2013 年创作于中国航天员训练中心。

# 为你骄傲

当神舟描画出美的轨道
当太空绽开了你的微笑
此刻的我　你是否看到
一直在守候着你的捷报
啊……
多少个相依相伴的日子
心贴心手牵手一个目标
多少个检测室里的夜晚
夜未央雨才歇月色正好
你的呼吸　我的心跳
你的微笑　我的骄傲

忘不了发射塔上的送行
忘不了回归仓里的相邀
当你的神采走出梦想
让鲜花替我把你拥抱
啊………
多少次模拟场上的问询
守着你听着你分分秒秒

多少次生命极限的挑战
我们无怨无悔因为崇高
你的感受　我的祈祷
你的功勋　我的自豪

注：这是一首赞美航天保障人员的歌，2013 年创作于中国航天员训练中心。

# 我们从这里走向战场

背负着强军的梦想
怀揣着战斗的渴望
我们青春列队　肩负荣光
走进你当代士官的课堂
探索在信息化的前沿
追赶在光与电的时光
我们瞄准实战　能打胜仗
在这里炉火正红百炼成钢
看太行巍巍　听号角嘹亮
我们不负重托　奋发图强
同学们　战友们
今天的准备　明天的担当
我们从这里走向战场

注：2013 年创作于石家庄士官学校。

# 时刻在线

谁说我们的阵地没有炮火硝烟
谁说我们的生活总是轻松浪漫
当祖国的命令从我们手中飞出
我们就是霹雳就是闪电

我们是光　比光还要快
我们是电　无形无影无边
高效快捷　准确无误　神通无限
我们是胜利的顺风耳千里眼

连接千山万水传递风云变幻
编织天罗地网掌握制胜瞬间
当电波飞逝让距离不再遥远
我们就是前方就是火线

我们是光　比光还要快
我们是电　无形无影无边
要哪哪通　叫谁谁到　时刻在线
我们和胜利一起凯旋

注：2013 年 5 月，应武警总部通信总站之邀创作，并献给全军通信兵战友。

# 时代先锋

你是鲜亮的旗帜
在信念的高地上飞飘
你是不灭的星斗
在理想的天空上闪耀
看英雄花开　春光正好
伟大祖国把时代的骄子拥抱
踏着硝烟归来
永在前沿呼号
我们跟着你的脚步奋起奔跑
奔跑　奔跑
听人民军队的钢铁誓言
响彻云霄

你是冲锋的号角
把战斗的渴望燃烧
你是不熄的火炬
把人生的道路照耀
看赤诚花红　青春不老
伟大祖国把自己的战士拥抱

肩负神圣使命
牢记党的教导
我们在现代化的道路上奋起飞跑
飞跑　飞跑
为实现强军的宏伟目标
奋起飞跑

注：2006 年为战斗英雄、时代先锋、全国边陲优秀儿女奖章获得者丁晓兵而作。

# 不是不用右手向你敬礼

不是不用右手向你敬礼
啊　朋友　请原谅
那条失去的手臂
不是不用双手与你相握
啊　朋友　请相信
这真诚的传递

不是不用右手向你敬礼
啊　朋友　请原谅
那条沉默的手臂
不是不用双手与你相拥
啊　朋友　请相信
这珍贵的友谊

在爱里　在情里
你的热血已化作春天的花雨
在风里　在雨里
你的微笑总挂着妈妈的泪滴

如果你一定要向他询问
你就去询问那面飘飞的战旗

注：1984 年，踏着战场硝烟归来的钢铁战士丁晓兵失去了右臂。此后每一个见到他的人，无不被这位“独臂英雄”的左手敬礼所震撼，即作歌以示敬仰。

# 又到枫叶飘落时

还是这条花溪水
还是这片枫林秀
又到枫叶飘落时
红叶一片叶知秋

难忘那天黄昏后
那场战斗秋雨稠
去时你我肩并肩
归来生死两分手

还是这条花溪水
还是这片枫林秀
远处飘来一支歌
山下村庄正丰收

山依旧　水依旧
你在哪　好战友
情未了　爱依旧
你没走　你没走

注：2007 年秋创作于北京。

# 你在哪

有人说你在那个山坡
有人说你在那条大河
有人说你在一个记不起的地方
也许是那道山崖

有人说你是那片山花
有人说你是那片白桦
有人说你是一个了不起的英雄
到死也没有跪下

你在哪　你在哪
在那个黑夜　还是这片朝霞
你在哪　你在哪
在天上　还是在地下

你在哪　你在哪
寻找是害怕忘了
你在哪　你在哪

活着的人在寻找回答

你在哪

注：2014 年创作于东北抗日联军老营地伊春南岔红地盘。郭晓天作曲，田毅、郭祁演唱。

# 士兵的脚步

踏着春天的节拍
我们行进在北方的山野
挽着夏日的热风
我们跨越南方的江河
走进金秋的怀抱
我们分享人民的喜悦
赶赴严冬的邀请
送去一片绿色
啊　士兵　士兵的脚步
行进在祖国光荣的岁月
啊　士兵　年轻的士兵
一行行脚印　一首首青春的赞歌

迎着世纪的太阳
我们拥抱东海的碧波
抖落战斗的风霜
我们穿越黄昏大漠
牵着城市的霓虹
我们留下衷心的祝福

跟着妈妈的目光

走进乡村月色

啊　士兵　士兵的脚步

回荡在祖国每一个角落

啊　士兵　忠诚的士兵

一行行脚印　延伸着英雄的赞歌

注：2007年创作于北京。刘琦作曲，武警男声合唱团演唱，获第九届全军文艺会演创作奖。

# 武警黑龙江总队队歌

黑龙江的波涛松花江的浪
沃野千里　林海苍茫
我们肩负着神圣的使命
守卫着祖国的北大仓
看英雄的哨位　托举着蓝天
卫士的脚步连接矿山城乡
听党指挥　决不彷徨
用忠诚筑起钢铁屏障

兴安岭的流云北极天的光
风雨砺剑　飞雪擦枪
我们在现代化的征途上前进
心系着边疆热土一方
听强军的号角　召唤着战斗
危难处有我热血儿郎
赴汤蹈火　敢打胜仗
把光荣写在黑土地上

# 武警辽宁总队队歌

穿越历史的天空
抖落战斗的风霜
我们的旗帜在山海关外飞扬
肩负神圣使命
守护热土一方
看辽河奔腾　大海涌浪
我们的哨位遍布山川原野
厂矿城乡

挽着改革的春风
拥抱世纪的太阳
卫士的脚步在黑土地上回响
励兵关东沃野
驰骋海滨边疆
看钢花怒放稻谷飘香
我们和英雄的人民一路同行
豪情万丈

听党指挥　英勇顽强

敢为人先　敢打胜仗
我们是党和人民的忠诚卫士
一路高歌奔向前方

# 武警浙江总队队歌

钱塘江畔　东海之滨
国旗下集合着光荣的士兵
浙东水乡　浙西峻岭
海岛港湾回荡着我们的歌声
守望最早的太阳
护送金色的黄昏
我们肩负着神圣的使命
把安宁送给每一座城市
每一个乡村

江山多娇　古越雄风
战旗上飞扬着我们的豪情
雁荡奔袭　天台点兵
山山水水写满卫士的忠诚
喜看大潮奔来
又见跨海飞虹
我们挽着世纪的春风
和四千万人民一路高歌
一路前行

# 武警河北总队队歌

大河东去　燕赵故国　华北大平原
西望太行　东临渤海　长城山海关
脚下的热土　头上的蓝天
神圣的使命扛在双肩
拱卫首都　任重如山
安定一方　守护家园
我们是党和人民的忠诚卫士
从西柏坡出发走向明天

秦皇岛外　勇士踏浪　天高大海宽
石门点兵　坝上奔袭　风雨白洋淀
强军的号角　梦想的召唤
征途上历尽生死考验
拱卫首都　任重如山
安定一方　守护家园
我们是党和人民的忠诚卫士
从西柏坡出发走向明天

# 武警安徽总队队歌

行进在江淮之间
驻守在皖北皖南
我们肩负着神圣的使命
守护着亲爱的家园
你看那黄山群峰
托举着丽日蓝天
你看那淮河长江
奔腾着卫士的誓言
听党指挥，忠诚不变
我们一路豪迈向前向前

天边的金寨烽火
远逝的云岭硝烟
我们高举着先辈的旗帜
从昨天出发走向明天
听见了强军的号角
听见了梦想的召唤
愿抛洒青春热血

去回答人民的期盼
处突维稳，千难万险
我们一路高歌向前向前

# 武警上海总队队歌

黄浦江的波涛大东海的浪
我们的队伍威武雄壮
八年抗战　横渡长江
华东劲旅一路征尘威名四方
守护东方明珠
心系人民安康
我们是霓虹灯下新一代
继往开来　续写辉煌

新世纪的太阳肩头上的枪
我们在风浪中锻炼成长
坚守哨位　箭在弦上
威武之师文明之师英名远扬
为了战旗更红
为了强国梦想
我们肩负着神圣的使命
听党指挥　奔向前方

# 武警甘肃总队队歌

我们从硝烟弥漫的南梁走来
战旗上血染着红军的风采
我们在共和国的号角里集结
一路高歌　一路豪迈
看黄河奔腾　激情澎湃
钢铁的队伍像祁连山脉
我们听党指挥　服务人民
守护着陇原大地幸福花开

我们在改革开放的春风里成长
征途上续写着卫士的情怀
我们在现代化的道路上前进
风雨兼程　誓言不改
看戈壁滩砺兵　黄土地亮剑
丝路哨兵似雄关豪迈
我们敢打冲锋　从不言败
肩负着神圣使命奔向未来

# 武警新疆总队之歌

战旗呼啸　雄鹰高飞
蓝天下行进着我们的部队
戈壁扎营　大漠安寨
钢铁之师驻守天山南北
脚踏边疆热土
心系国家安危
迎着冰山的太阳
走上神圣的哨位
自豪吧　亲爱的战友
光荣的武警新疆总队

风雪壮行　飞沙助威
战斗中考验着我们的部队
正义在手　无坚不摧
忠诚卫士永远听党指挥
飞兵昆仑山下
驰骋西部边陲
捍卫民族团结

情注山山水水

前进吧　勇敢的士兵

英雄的武警新疆总队

# 武警四川总队队歌

川江奔腾　崇山叠嶂
山水间行进着我们的武装
虎踞西南　威名四方
我们的名字在国旗上飘扬
肩负神圣使命　心系天下安康
足迹踏遍巴山蜀水城市村庄
我们是江河　我们是山脉
我们是幸福安宁的钢铁屏障
祖国的召唤人民的期望
我们听党指挥　胜利向前方

汶川抢险　雪域驻防
我们在战斗里锻炼成长
热血铸剑　风雨擦枪
卫士的豪情在战旗上飞扬
历经山崩地裂　何惧惊涛骇浪
忠诚花开天府之国热土家乡
我们是雷霆　我们是利剑

我们是无敌无畏的正义力量
为荣誉而战为军旗增光
我们听党指挥　胜利向前方

# 武警总医院院歌

我们从延河走来
白兰花战地盛开
昨天的炮火硝烟
已化作橄榄绿风采
那一腔热忱似火
那一颗爱心永在
白求恩不倦的身影
呼唤着我们一路歌声一路豪迈
向前　向前
光荣和胜利同在
向前　向前
我们为你增光为你添彩

我们从春天走来
白兰鸽敞开胸怀
歌唱着生命之歌
飞翔在伟大的时代
送一个微笑给你
捧一片真诚如海

白衣战士崇高的责任

把健康送给每个渴望每个期待

向前　向前

梦想与辉煌同在

向前　向前

我们和你一起走向未来

# 草原卫士之歌

辽阔的草原　祖国的北疆
河套沃野　林海苍茫
我们在这片古老的土地上
守护着鲜花守护阳光
走上神圣的哨位
拥抱天边的太阳
送走大漠的黄昏
抖落战斗风霜
献身使命　扎根边疆
心系天下　安定一方
我们是光荣的北疆卫士
用忠诚竖起钢铁屏障

天上的牧歌　传说着悲壮
煤海流金　钢花怒放
我们在这片多情的土地上
守望着家园守望梦想
喝退漫卷的风雪
温暖飘香的毡房

听见妈妈的呼唤

捧上热血一腔

听党指挥　意志如钢

敢打必胜　英勇顽强

我们是英雄的内蒙古总队

听胜利的歌声一路飞扬

# 水电铁军之歌

牵着江河　扯着云霞
战士走天涯
水电铁军　转战南北
英名遍中华
兵起淮河伏蛟龙
建功三峡战金沙
西气东输　南水北调
雪域高原写神话

风雨催征　雄师开拔
乘胜再出发
应急救援　使命如山
热血护芳华
唐家山上解悬湖
舟曲城头驱铁马
历经艰险　英勇顽强
忠诚吐放英雄花

听党指挥　心系天下

造福人民　献身国家
时代的号角召唤着我们
一路高歌走天涯

# 交通部队之歌

我们在抗日的烽火里走向战场
也曾用胸膛把天路丈量
我们在先辈的目光里奋勇前行
战旗上飞扬着不变的信仰
逢山开路　遇水架梁
昆仑之巅　天山之上
我们在祖国的大地上编织希望
没有驿站　只有前方

我们在时代的洪流中历尽风浪
光荣的岁月在脚下延长
我们在强军的号角里听见了召唤
征途上续写崭新的篇章
应急救援　敢打硬仗
全域机动　驰骋四方
我们用忠诚托起人民的梦想
向着胜利　向着太阳

# 森林卫士歌

穿越在青山之间
露营在绿水之畔
我们是光荣的森林卫士
守护着可爱的家园
多少次难忘的战斗
多少回烈火的考验
我们在鲜花开放的山岗
留下战士美好的祝愿

送走了天边的星斗
迎来了朝霞的笑脸
我们在绿色的风里前进
听见了祖国的召唤
忘不了妈妈的嘱托
忘不了永别的伙伴
我们在山鹰飞过的地方
唱起故乡遥远的思念

注：2007 年创作于四川阿坝九寨沟。

# 高原特警

战旗上呼啸着高原的风
蓝天下走来年轻的士兵
肩扛着日月　背负着使命
守护幸福　守护安宁
练兵昆仑山下
敢与雪山争锋
驰骋青海湖畔
问候牧野花红
我们是铁拳　铁骨铮铮
听党指挥　无比坚定
我们是利剑　气贯长虹
用热血书写卫士忠诚

征途上鼓荡着世纪的风
战斗里成长风雨兼程
现代化的号角召唤着我们
招之即来　战之必胜
飞兵玉树山下
何惧山摇地动

驰援大漠戈壁
血肉筑起长城
我们是铁拳　铁骨铮铮
爱洒山河　情暖严冬
我们是利剑　气贯长虹
为荣誉而战阔步前行

注：2013 年创作于青海西宁。

# 天山劲旅

伊犁河谷的风吹拂着我们的战旗
战旗上呼啸着每个人的姓名
天山劲旅　钢铁之师　闻名西北
我们英雄的部队走过光荣的历程
华北组建　临危受命
戍边卫国　深山扎营
几代人的青春热血天山作证
我们骄傲是你的士兵

伊犁河的流水奔腾着我们的豪情
河谷里回荡着美妙的歌声
这片田园　这片牧场　这片热土
我们守护着春天守护着边疆的安宁
听党指挥　不辱使命
反恐维稳　尽显忠诚
强军的号角吹响战斗命令
我们高唱着胜利前行

注：2014 年 10 月创作于新疆伊犁。

# 陆军一一七师之歌

兵起陕北　烽火南梁　红军血脉长
转战南北　征途四方　战旗何辉煌
直罗一仗奠基礼　平型关隘威名扬
鏖兵辽沈　激战津门
回师跨过鸭绿江

一一七师　英雄之师
强军路上续写荣光
一一七师　使命担当
听党指挥越战越强

注：2016 年夏创作于武警驻辽宁盘锦。

## 英雄的铁甲钢铁的兵

战旗猎猎　战车隆隆
长风呼啸　铁马奔腾
英雄的铁甲钢铁的士兵
所向无敌北战南征
继承优良传统　捍卫皮旅光荣
我们听党指挥　敢打必胜

惠山集结　太湖练兵
千里驰援　万里机动
英雄的铁甲钢铁的士兵
强军路上越战越勇
踏碎高原冰雪　血沃边疆花红
我们一路向前　勇当先锋

注：2015 年创作于江苏无锡惠山脚下。

# 光荣与梦想

迎着黎明的曙光
我们把国旗送给太阳
点燃节日的礼花
光荣与梦想一起绽放
走过天安门　丈量长街长
我们在首都的目光里忠实守望
重中之重　强中当强
我们守护着伟大祖国的心脏

迎接四海宾朋
我们向世界展示中国形象
抖落岁月风霜
战士把承诺送向远方
走过长征路　跨过鸭绿江
我们在血染的战旗上续写辉煌
听党指挥　能打胜仗
我们英雄的部队阔步向前方

注：2014 年创作于武警驻北京丰台某部。

## 请您检阅

你踏着飞雪走来
雪花纷纷　一片深情似海
你牵着春风走来
步履匆匆　饱含多少关爱
年轻的士兵等待着你的检阅
看战旗呼啸　战车豪迈
请您检阅　请祖国检阅
热血已沸腾　心潮在澎湃
请您检阅　请人民检阅
坚定的回应响彻天外
请您接受战士崇高的敬礼
我们正走向春天　走向未来

你从中南海走来
落雪无声　聆听你的期待
你走到我们身旁
句句叮咛　一如春雨入怀
英雄的部队一路风雨兼程
听号角催征　崭新时代

请您检阅　请祖国检阅
看强军路上　忠诚花开
请您检阅　请人民检阅
我们是长城　我们是山脉
我们在您的号令里奋勇前行
去续写光荣　走向未来

注：2012 年冬，创作于习近平主席视察武警部队之际。

# 我们的名字在国旗上飘扬

在田野在河流在山岗上
在城市在矿山在村庄
祖国的大地有多么辽阔
我们战斗的足迹就有多么长
那盛开的鲜花
是我们忠诚的歌唱
那母亲的微笑
是对我们最高的奖赏
前进　中国人民武装警察部队
我们的名字在国旗上飘扬

在铺满阳光的大路上
在保卫胜利走向胜利的征途上
党指向哪里就奔向哪里
人民武警钢铁之师威名四方
那盛开的鲜花
是我们忠诚的歌唱
那母亲的微笑
是对我们最高的奖赏

前进　中国人民武装警察部队
我们的名字在国旗上飘扬

注：1994 年创作于北京花园东路甲 9 号。在武警部队广为传唱。郑万兴作曲。

# 三

# 风雨调色

迷彩　迷彩

神奇的迷彩

迷人的装束

迷人的风采

融化在山岗

就是花岗一块

消逝在丛林

就是白桦一排

……

# 迷 彩

迷彩　迷彩
美丽的迷彩
七色的花瓣
军营里盛开
迷彩　迷彩
神奇的迷彩
迷人的装束
迷人的风采

融化在山岗
就是花岗一块
消逝在丛林
就是白桦一排
和平的阳光照耀着大地
迷彩和鲜花一起盛开

迷彩　迷彩
美丽的迷彩
青春的花瓣

青春的风采
迷彩　迷彩
神奇的迷彩
炮火里怒放
硝烟里不衰

行进在田野
装扮麦浪稻海
出没在江河
高歌激流澎湃
待到硝烟悄悄地散去
迷彩和胜利一起归来

迷彩　迷彩
迷彩　迷彩

注：1989 年部队配发迷彩服，极大地激发了官兵的训练热情。阳光下，风雨里，迷彩如花盛开，甚是蔚为壮观，遂由此展开联想成词。1990 年获武警部队文艺创作一等奖，1996 年获全军“新作品”奖，黄钟声作曲。

# 映山红

映山红　红满山
一簇簇　一团团
五里红成河
十里香不断
红在山谷翻红浪
红上山坡披红缎
红到哨所扮军装
香在战士心里边

映山红　红满山
一坡坡　一片片
轻似红云抹
浓比朱墨染
红透边疆千条岭
红彻万里边防线
莫道英魂乘风去
后继有人捍江山

注：1980 年早春 5 月，创作于驻黑龙江饶河五林洞边防某部。

# 雪　花

雪花　雪花
纷纷扬扬
雪花　雪花
飘飘洒洒
你落在树上
树上就开满梨花
你落在山头
山头就耸起白塔
你落在战士的身上
战士就披上银色的盔甲

雪花　雪花
纷纷扬扬
雪花　雪花
潇潇洒洒
你来自天外
带来了一个神话
你飘漫原野
去滋润生命芳华

你跟着战士的脚步
把问候带到海角天涯

注：1981 年冬，随军区工作组赴某守备部队蹲点，适逢该部年终表彰大会，礼堂内热气腾腾，窗外飞雪漫天，遂即兴拾句，上台朗诵，以示祝贺。

# 好凉快

好凉快　好凉快
不信你就跳下来
不是大海的骄子你就别夸大海
不是北国的儿女哪有这样的气概
是那冰雪给了我们火热的情怀
是那严冬给了我们过分的偏爱
如果你热爱生活
生活就把你爱
如果你热爱生活
岁月就不会衰

好凉快　好凉快
不信你就跟我来
没有山鹰的翅膀哪能自由自在
没有好汉的胆量你就屋里头待
是那雪山给了我们坦荡的胸怀
是那松涛给了我们热烈的喝彩
只要你热爱生活
生活就把你爱

只要你热爱生活
岁月就不会衰

注：1988 年央视春晚剧组去黑龙江挑选节目。写什么呢？思索再三，唯表达冰天雪国中北疆人民的乐观和豪放为妙，于是这首《好凉快》从众多报送节目中被选中了，黄钟声作典、黄勇等演唱。

# 春　风

什么时候冰雪融了
什么时候河水笑了
冰消雪融春光好
春风之意心头绕
啊　春风
多么强烈的春风
多么温暖的春风
你把严冬吹走
你把阳春带到
你妒弃腐朽
你追求美好
你把全部热情都交给大地
你把生命
带给那渴望再生的小草

一夜之间桃花红了
一夜之间柳枝绿了
桃红柳绿春光好
春风之意心头绕

啊　春风

如此多情的春风

如此和惬的春风

你把心窗吹开

你把春梦叩敲

你爱得真诚

你至诚不摇

你把整个生命都交给万物

你把春光

带到祖国的天涯海角

注：1980年早春5月，漫步在冰雪初融的边疆小路上，尽情地感受着生命的萌动和文艺春天的到来。王克俊作曲、安彩玉演唱。

# 婆婆丁

几片片绿叶
几点点淡青
春寒里破土
春风里萌生
富贵人家没口福
战士碗里掺笑声
它有一个好听的名儿
婆婆丁　婆婆丁

几分分苦涩
几点点霜凝
苦涩里飘香
野味里含情
集市商场买不到
战士采回待宾朋
它有一个好听的名儿
婆婆丁　婆婆丁

注：1985 年，率武警黑龙江总队文艺小分队赴凤凰山某中队慰问，时正值青黄不接季节，中队有意招待大家，却没有菜蔬下饭，于是派战士们到山坡上去采一种叫婆婆丁的野菜，也叫苦菜。

# 冰凌花

冰凌花　冰凌花
芍药玫瑰比不上它
最先把春报
秋后还开花
冰山雪岭上
默默吐芳华

冰凌花　冰凌花
边防战士最爱它
不攀温室暖
偏爱在天涯
花香飘千里
美名传天下

注：1980 年 4 月，在驱车前往边境哨所的山路上，但见一种花冠不大的金色小花，从冰雪初融的缝隙间顽强地伸展出来，同行的部队同志告诉我这就是冰凌花。

# 高山哨所练兵场

高山顶上哨所旁
是我们训练的小操场
要问这操场有多大
十步八步就能走一趟

早晨太阳放霞光
哨所战士排成行
一二三四五六七
一声报数两声响
（白）怎么一声报数两声响啊
班长口令真嘹亮
震得高山直晃荡
声声报数似惊雷
句句回声传山岗

钢枪飞舞杀声响
顶风冒雨练兵忙
高山开口齐喝彩
大树拍手来鼓掌

（白）怎么大树还会鼓掌啊
刺刀劈开雨千行
雷鸣电闪无阻挡
风吹树叶千层浪
哗哗啦啦像鼓掌

星儿闪闪月儿亮
挥臂投弹汗水淌
手榴弹一扔真出奇
尾巴就有五十多米长
（白）手榴弹怎么长尾巴啦
哨所操场十米长
使劲一扔过山梁
五十米的绳子连着把
省得下山来回忙

高山哨所练兵场
是我们训练的好地方
边防战士爱哨所
更爱哨所练兵场

注：这是我尝试歌词写作的第一个习作。1972 年 8 月，我和师演出队的几个同志去边境小城绥芬河前沿哨所体验生活。哨所营房高悬在半山腰一处柞树林中，十分神秘。《高山哨所练兵场》就是在那个山坡上产生的。次年 5 月，被一个连队演唱组带上了军区文艺会演的舞台，出乎意料的是还获得了优秀创作奖。

## 巡逻小分队出发了

明月当空照
峡谷静悄悄
巡逻小分队
整装出发了

鸟不惊　风不晓
离弦的箭　出鞘的刀
拨开荆棘攀悬崖
不怕林密和山高

夜风吹拂着绿色的军装
月光辉映着雪亮的钢刀
警惕的目光仔细搜索
仇恨的子弹等待着强盗

穿山涧　越深壕
夜鹰展翅　气贯云霄
飞腾跃上猛虎岗
红星闪在半山腰

脚下丈量着祖国的大地
耳边回荡着四海的波涛
我们是毛主席的革命战士
战斗在边防线上无比自豪

月儿悄悄躲进山坳
炊烟袅袅彩霞万道
巡逻兵战士胸怀朝阳
歌声在云中飘　云中飘

注：这首歌是处女作《高山哨所练兵场》的姊妹篇，同时产生在绥芬河那个前沿哨所的密林中，王克俊作曲。

# 宝岛之夜

月高悬
星眨眼
风收翼
浪不喧
宝岛之夜多美好
深似幽谷蜜如园
守岛战士岸边走
轻沙细雨来相伴
思乡思家思亲人
汇入江水流天边

鸟投林
船落帆
柳低垂
吻睡莲
宝岛之夜多美好
胜似家乡花果山
守岛战士紧握枪
千般叮嘱响耳边

爱岛爱家爱边疆

保卫祖国这美好的夜晚

注：1980 年创作于乌苏里江珍宝岛。黄钟声作典、赵惠玉演唱。

# 夜半情深

华灯闪烁
月色正浓
十里长街宁静
红墙碧瓦
认得熟悉身影
夜来巡逻是何人
不伴情侣伴月行
谁人伴月行

穿街走巷
脚步轻轻
万户千家入梦
花木点头
最知夜半暖冷
送来春风悄然去
留下深情无踪影
何须问踪影

注：1990 年 10 月酝酿于北京东单至西单的长安街上。

# 苗岭你好

谁家的小鸟在枝头唱歌跳跃
谁家的姑娘在山坡牧羊割草
请不要把她们打扰　千万不要
我们在这里为你站岗放哨

谁家的阿姐在溪畔梳洗对照
谁家的阿嫂在田畴插秧欢笑
请不要把她们打扰　千万不要
我们在这里为你巡逻放哨

花一样的衣裳　俏呀真俏
树一样的军装　飘啊飘飘
多么美好的一幅图画
挂在苗岭春天的怀抱
你好　苗岭
苗岭　你好

注：2007 年应“多彩贵州”大型歌会之约而作。尔后由武警男声合唱团以无伴奏合唱形式，搬上央视“青歌赛”舞台。2009 年获全军文艺会演创作一等奖，同年获中国音协“金钟奖”。黄钟声作曲。

# 鸽子　橄榄叶

东方有一个动人的传说
盼望中归来忠实的信鸽
她衔着一枝流泪的橄榄叶
告诉人们它的故乡已满园春色
啊　鸽子　橄榄叶　流泪的橄榄叶
有一群士兵最爱它的颜色

东方有一个动人的传说
危难中归来希望的信鸽
她衔着一枝亲亲的橄榄叶
为了幸福她飞过高山大河
啊　鸽子　橄榄叶　亲亲的橄榄叶
有一群士兵总把它的故事传说

注：1998 年创作于抗洪前线。词中借喻了诺亚方舟的故事。同年获全军文艺会演创作一等奖。赵引瑞作曲、赵秀兰演唱。

# 啼血花

生在深山崖
开在白云下
站在枝头把手招
笑对路人洒

遥看朵朵霞
近看珠泪挂
风里雨里年年发
谁人育芳华

冬去了　春来了
杜鹃鸟儿飞来了
声声啼叫都是血
花不红时不回家

花开了　花红了
杜鹃鸟儿飞走了
一声长鸣乘风去
那声啼叫已嘶哑

鸟儿何去了
问花花不答
声声问候你去哪
香飘到天涯

注：2007年4月，井冈山杜鹃盛开，殷红如血，啼鸟声声，如唤英魂归来。歌词借喻子规啼血的典故谋篇，以表达对逝者的缅怀。孟庆云作曲、柏文演唱。

# 新兵王小乐

新兵王小乐　他的故事多
一把吉他身上挎　唱着牧羊歌

他的那些羊儿　听惯了他的歌
琴儿一拨羊儿欢乐
歌声一收它们寂寞
哆咪咪发嗦
他的欢乐　他的寂寞

放羊上山坡　琴声飘过河
赶着落日回营房
天头天边都是歌
嗦发咪咪哆
他的羊群　他的世界

羊婆婆要生仔儿
弹一支生命歌
羊羔羔吃奶眼望着他
还扭着那迪斯科

唻哆西啦嗦

他的向往　他的生活

注：1985 年夏，创作于驻黑龙江北安凤凰山某部。

# 北极月　北极星

北极星　亮晶晶
北极哨兵的眼睛
北极月　挂夜空
北极哨兵的笑容

星儿闪闪　与谁做伴
月光有情　与谁约定
遥远的北极　士兵的梦乡
青春的热血　不会冻冷

北极月　北极星
北极故事北极兵
北极月　北极星
北极夜短到天明

注：2012 年 3 月创作于北极漠河，与武秀征合作。

# 诉　说

雪花纷纷　纷纷地飘落
除夕夜我为你唱支歌
多少人告诉我　多少人嘱托我
愿我的歌把你的双手温热

身后是万家灯火
身旁是无边的寂寞
远方有你亲爱的妈妈
此刻你在想什么

亲爱的战友　亲爱的兄弟
节日里不能没有你的欢乐
你可听见　妈妈在故乡
正为你唱着那祝岁的歌

雪花纷纷　纷纷地飘落
雪花纷纷　纷纷地飘远
送去战士深情的诉说
……

注：入选 1992 年央视“春晚”。臧云飞作曲、罗宁娜演唱。

# 白　云

天上的白云啊
你不要这样的匆匆
请让我看看
你美丽的笑容

远方的妈妈呀
已好久没有音讯
难道你知道
我正在行军途中

热血儿女们告别了家乡
把祝福留给遥远的星空
如果我在战斗中牺牲
你就当作那次送行

时光流水般走过了春夏
还有那漫长多雪的严冬
这些都不必为我担心
只要你幸福安宁

注：2010 年创作于北京清河。

# 今　宵

多好的山　多好的水
今宵咱团聚在连队
你一杯　我一杯
杯中有喜也有泪
谁无思乡情
梦里家人随
五尺男儿爱武装
从来壮士不思归

多情的山　多情的水
此情此意山与水
你一杯　我一杯
杯杯是歌唱与谁
有话对山说
有情问流水
少年有志须报国
三尺岗楼我哨位

注：1986 年除夕之夜，率文艺小分队与驻守深山老林的官兵一起过年，感怀那山那水那兵那情。遂即席而作。黄钟声作曲、高伟平演唱。

# 蚕花姑娘

说了个姑娘叫蚕花
养蚕能手人人夸
正月里收到一封信
来信的哥哥叫桑娃

二月里　春风刮
不见回信知为啥
不是姑娘情意薄
只是桑树没发芽

三月里蚕仔上蚕架
姑娘心里乐开花
东山采桑蹚露水
西坡捉叶日西斜

春蚕吐丝四月花
千丝万缕染红霞
农家姑娘心最美
手拿绣针坐灯下

不绣燕子不绣花
绣棵桑树枝叶大
不绣蝴蝶戏牡丹
绣条青藤缠着它

一绣绣到五月里
小小包裹飞天涯
包裹飞到边防哨
盼信的人儿收到它

注：1980 年 5 月，在东北边防某团偶遇一名四川籍战士，谈及家乡女友，脸露羞涩，原来他们之间有一段优美的爱情故事。于是有了这首歌谣体的叙事歌词。

# 冰山雪莲

你朝那冰山哨所看
那哨所连着冰雪线
你朝那哨所旁边看
那一片美丽是雪莲
春天她穿着青衣裳
秋天她戴着白凤冠
疑似白雪宛如霞
陪伴太阳在高原

你朝那冰山哨所看
有一个战士在天边
你朝那战士身边看
有一片生命是雪莲
夏天她撑起花雨伞
冬天她托起白玉盘
开在天涯不寂寞
一腔热情暖人间

注：2000 年 8 月创作于藏南亚东乃堆拉山。

# 守　望

天路长　天路荒
天路漫漫雪山障
盼日出　送月亮
你在哪　在何方

归途远　归途长
家山依依在梦乡
你一端　我一方
两相守　一样长

天路长　天路荒
天路茫茫云彩上
问太阳　问月亮
你在哪　在何方

归途远　归途长
孤影怜怜寸断肠
告诉爹　告诉娘
守边疆　守故乡

没有你陪伴的日子
我在你梦里徜徉
没有你送别的归途
把心留在你身旁
啊　守望　守望
就像太阳和月亮

注：驻守西藏的部队官兵，因交通困难，难以与家人见面。而身在内地的妻子更尝尽相思之苦。听说一位带着孩子进藏探亲的妻子，临别时竟因丈夫被雪崩隔离，而无法为她送行，这就是守望。

# 天路遥

天路遥　天路远
天路遥遥不到边
翻雪山　走达坂
路到尽头人未还
问君可知否　声声珠泪涟
心儿早已跟你去
疼也疼在你身边

天路遥　天路远
天路茫茫白云牵
雪莲花　雪里艳
苦恋雪山太阳暖
问君向何方　萧萧风雪寒
心儿愿意常住下
等你等到月儿圆

注：2007 年 7 月创作于成都。

# 橄榄林

季节的风　唱着赞美的歌
掠过江河原野城镇乡村
阳光下　青春列队　英姿勃发
站立着无边的橄榄林
你躯干挺拔　扎根故国热土
你枝叶繁茂　托起丽日白云
听林涛澎湃　回应忠诚
听百灵鸣啭　传递爱心
一只白鸽从林中悄然飞过
尽情地感受春的温馨　夏的热烈
秋的丰厚　冬的神韵
啊　橄榄林
美丽的橄榄林
无边的橄榄林

注：1999 年创作于北京西三环北路 1 号。

# 枇杷树

枇杷树　枇杷树
枇杷花开秋风渡
一颗果实落下来
几多甘甜几多苦
心儿何处抛　无人顾　恋故土
来年春风又一株

枇杷树　枇杷树
枇杷树下常留步
一身戎装向天笑
寒来暑往唱风骨
人儿何处去　上征途　风雨路
遍洒春光人间驻

注：2006 年为战斗英雄丁晓兵所作国画“枇杷树”写意。

# 咱们的军营美

咱们的军营美呀军营美
四季开花三百六十回
春到窗前绿
倚门看玫瑰
轻风摇动红雨飞
夏来雨丝稠
花香袭哨楼
人道芍药柔似水
开在营盘不娇媚

咱们的军营美呀军营美
四季开花三百六十回
秋来菊花黄
黄到霜几回
点点枝头英雄泪
冬临大地寒
何处寻芳菲
你不见满天雪花飞
落在肩头映刀辉

注：1989 年创作于驻佳木斯某部队营区。

# 红贝蕾

穿迷彩的女兵是一朵美丽的花
红色贝蕾映着一道道灿烂的霞
多彩的花季还留恋飘逸的长发
为了我们的国家金色肩章闪亮天涯

风里也妩媚　雨里也潇洒
霜天也多情　严冬更热烈
你是四季最美的花

穿迷彩的女兵是一朵美丽的花
红色贝蕾映着一道道灿烂的霞
七彩的梦里常想念远方的妈妈
为了我们的理想绿色军装走遍天下

风里也妩媚　雨里也潇洒
霜天也多情　严冬更热烈
你是四季最美的花

注：1998 年为武警部队第一个女声三人组合创作，与杨洪文合作。获全军文艺会演创作奖、全国第九届群星奖金奖。

# 快把窗子打开

快把窗子打开
快让小燕子进来
它是在寻找去年
逝去的那份关爱

去年的这个时候
它曾经远道飞来
漫天的荒沙寒流
让它十分悲哀

这里没有绿树
也没有鲜花盛开
只有这小小哨所
站在边关野外

是谁把窗子打开
小燕子呢喃着飞来
从此燕子把春天

筑进了战士的窗台

注：2002 年 4 月，因读军报一则关于驻西北偏远部队某哨所战士拯救一只受伤小燕子的故事，有感而发。

# 山那边来了一队兵

家后山那边来了一队兵
头戴大檐帽肩佩蓝盾盾
打头的也不过十八九岁
人都说他是个模范武警
扶贫到我家
春风吹进门
教我科学养殖法
还送我笔记本

山丁子嫁接苹果树成林
椴树花酿蜜甜呀甜津津
他带着战士们走遍青山
山南山北留脚印
房前木耳园
屋后蘑菇嫩
迎着致富道路往前走
不忘引路人

有一天早晨他走进我家门

井字儿花背包打得严紧紧
告诉我他就要离开大山
去到远方执行命令
想说句感激话
话儿未出唇
吃顿咱山里人的家常饭
表表我的心

注：1982 年创作于黑龙江阿城山区某爱民模范中队。

## 为啥他不回家

在祖国的最北方
有一幅英雄画
这幅画挂在天边
挂在天底下
寒风吹着他
雪花亲着他
威威武武哨位上
就像那金刚塔
啊　孩子问妈妈
这个叔叔为了啥
为啥天冷他不回家
为啥他不回家

在祖国的最北方
有一幅英雄画
这幅画挂在边关
挂在千万家
多想走近他
多想抚摸他

清清楚楚看看他
跟他说句暖心话
啊　孩子问妈妈
这个叔叔他叫啥
为啥天天他不回家
为啥他不回家

注：2002年创作于哈尔滨爱德蒙顿路1号。获武警文艺调演一等奖。

# 向北方

穿过那片古老的森林
越过那条神秘的大江
在一片野花盛开的山岗
我把故乡深情地回望
啊　故乡的路已经遥远
妈妈的叮咛依稀耳旁
向北方　向北方
那里也是我的故乡

一串鹿铃打破了沉寂
一抹红云飘过了山岗
在一片白桦树林的尽头
传来一位姑娘的歌唱
啊　歌声是这样的美妙
挽着风儿在林间飞扬
向北方　向北方
那里也是我的故乡

注：2003 年 6 月创作于哈尔滨爱德蒙顿路 1 号。

# 黄土塬上白玉兰

蓝天下　陇原上
兰花正开放
白如雪　凝似霜
路人停步望
一阵清风飘过来
花香沾着黄土香

风里秀　雨后芳
美丽却平常
温如玉　情意长
只为他人香
一腔痴情向阳开
育花人儿去何方

在田野　在路旁
她在故乡的土地上
在天涯　在边疆
她在战士的征途上

情未了　爱无疆
留恋更比去路长
一段歌　一段香
一路芬芳美名扬

注：南丁格尔奖获得者、原兰州军区总医院护士学校老校长、全国资深专家——黎秀芳，品高德重，育才无数，被誉为盛开在黄土塬上的白玉兰。

# 微 笑

梦想已经点燃
希望挽着春天
走来了亲爱的伙伴
微笑像鲜花灿烂
曾经的岁月风雨
远去的炮火硝烟
白求恩不倦的身影
呼唤着我们一路向前

梦想已经点燃
希望挽着春天
手拉手亲爱的伙伴
追寻已不再遥远
用爱心托起生命
让真诚感动期盼
白衣战士崇高的责任
激励着我们走向明天

注：2009 年创作于武警天津医学院附属医院。

# 当兵当到兴安岭上

离开了家乡　告别爹娘
当兵咱就当到兴安岭上
壮丽的山川　祖国的边疆
为你放哨为你站岗无上荣光
要学那红松挺拔向上
擎起一片蓝天让百姓安康
汤旺河水　日夜流淌
我们把青春的梦想唱给太阳

浩瀚的林海　山花飘香
当兵咱就当到兴安岭上
人民的召唤　卫士的担当
危难之处自有你的热血儿郎
要学那红松不畏风雪
站成一道屏障去守望春光
一声号令　剑指所向
我们把神圣的使命扛在肩上

注：2015 年冬，创作于小兴安岭伊春。

## 咱们的中队咱们的家

脚下一座山
头上一片天
咱们的中队咱们的家
就站在那彩云间
放眼兴安岭
风雨一身担
战士的青春战士的爱
风流正当年

坡前菜花香
坡上瓜果鲜
咱们的中队咱们的家
赛过那南泥湾
汤旺河流水
岁岁又年年
战士的汗水战士的爱
洒在山水间

人人争标兵

个个是好汉
咱们的中队咱们的家
走在那队伍前
为国尽忠诚
为民保平安
战士的责任战士的爱
写在天地间

注：1996 年冬，回伊春老家探亲，恰逢老战友在驻地部队任职，盛邀之下不敢推辞，遂为官兵写下这首小唱。20 年过去，至今还挂在中队的墙上。

# 军营轮滑队

和你一起飞
心和你一起追
飞旋的脚步
青春的美

和你一起飞
心和你一起追
追赶着日月
旋转着美

飞到军营里
欢声笑语脆
飞进演兵场
为你去助威

飞在山水间
牵着彩云归
飞到赛场上
为国增光辉

和你一起飞

和你一起飞

注：2001 年 6 月创作于杭州。

# 拼　搏

气如虹　志如铁
一路走来风雨多
上战场　试身手
人生能有几回搏
汗洗面　血落花
早把荣辱身后搁
为你来　为你去
成败只为那一刻

五星红旗升起来
热泪已把笑容遮
人海中　你在哪
妈妈她在最角落

五星红旗升起来
拼搏只为这一刻
昂起头　我中国
亿万双眼一样热

注：2010 年创作于武警部队体工队。

# 我的帐篷营

晚霞染红了黄昏的山岗
炊烟在寂静的山谷里飘荡
我的帐篷营　站在夕阳的怀里
等待着她的士兵回到营房

歌声从山那边渐渐地飘近
暮色里却看不清他们的模样
我的帐篷营　那面鲜红的战旗
一直在帐篷的屋顶上眺望

我们知道战斗会随时打响
帐篷营的日子装满雨雪风霜
也许在月上中天的时候
她又将我们带到陌生的地方

晚霞染红了黄昏的山岗
炊烟在寂静的山谷里飘荡
帐篷营　我的帐篷营
战士征途上移动的梦乡

注：2013 年为武警部队文艺野战小分队而作。

# 音舞诗画·远方的月亮

月亮　远方的月亮

你说你在月亮升起的地方
月光下有一片绿色的海洋
无边的森林鸟语花香
那是人类最早的故乡
如果有一只夜莺向你鸣唱
那是我陪伴你为它守望

月亮　远方的月亮

你说你在月亮行走的地方
月亮总是跟在你的身旁
为了寻找心中的宝藏
万里千里你走遍了蛮荒
共和国的大厦呀金碧辉煌
行囊里只剩下雨雪风霜

月亮　远方的月亮

你说你在月亮停留的地方
月亮为何这般流连迷惘
我看见你站在高峡之上
眼睛里流盼着江河的目光
也许你想起不归的战友
多少生命点燃了人间太阳

月亮　远方的月亮

你说你在月亮隐没的地方
月亮累了你却还在路上奔忙
你修路是为了别人走向远方
你却很少沿着它回归故乡
如果是你把大路修到天堂
我愿和你相逢在凯旋路上

月亮　远方的月亮

注：该作品是我与作曲家张卓娅合作的一部四段体音乐组诗。作品通过四位军嫂的内心独白，唱出各自对远在他乡的丈夫的无尽思念。

# 音舞诗画·哨所四季

## 春

迈着轻盈的步伐
撩起飘拂的衣纱
春姑娘带着邂逅的甜蜜
来到我们的哨卡

小河弹清脆的歌
小花儿绽开含笑的脸颊
小路伸出热情的手
欢迎你走进战士的家

沾着青草的芬芳
裹着青春的年华
春姑娘带着热烈的问候
来到我们的哨卡

小鸟儿先不要喧哗

小鹿儿先不要戏耍
让我们一起聆听吧
让她把好消息传达

## 夏

是谁拨弄着琴弦
星儿在头上和他做伴
是谁倾吐着心曲
在这夏天的夜晚

歌声是这样的熟悉
不知他唱了多少遍
歌声中讲着的一个故事
不知他讲了多少天

是谁拨弄着琴弦
月儿在他肩头上流连
是谁倾吐着心曲
在这夏天的夜晚

歌声是这样的美妙
好似那哨所的炊烟
故事是这样动人

吸引着一群扛枪的少年

月儿弯弯　云儿淡淡
云儿淡淡……

### 秋

远处的田野一片金黄
山下的果园飘送郁香
祖国在收获　人民在收获
战士在哨位上为你歌唱

我们虽然不能和你一起
把丰收的果实送进粮仓
我们虽然不能和你同杯
把新酿的美酒品尝
当金风送来故乡的佳讯
战士心中的祝福也飞向远方

### 冬

那不是春天遗落的绿叶
春天早已匆匆地告别
那不是夏天飘逝的云朵

夏天早已在山岗上冷却
那不是秋天扬起的碧波
秋天早已在寒风里凝结
那是什么　那是什么
绿在这冰雪铺盖的世界
那是什么　那是什么
那是战士唱给冬天的歌

注：该作品为1992年我与作曲家张千一合作的一部中大型音乐舞蹈诗画。由舞蹈家陈维亚指导搬上舞台，歌在舞中，诗出画境，是一部具有较高审美价值的艺术品，并成为该团的优秀保留剧目。

# 组歌·爱在边疆

## （一）
## 吹葫芦丝的小卜哨

西双版纳夜色美
小卜哨竹楼上把葫芦丝吹
醉了凤尾竹
醉了芭蕉叶
醉了瑞丽一江水

月色为啥这样美
云儿为啥把月儿追
那是扛枪的战士
在这里守卫

## （二）
## 卓玛的歌声

我多想飞上珠穆朗玛

扯起雅鲁藏布作哈达

我多想乘风飞到你的身旁

把这洁白挂在你高高的哨卡

你是雪莲花

开在太阳的家

你是雄鹰

盘旋在蓝天下

你是幸福　你是吉祥

你守望着阿爸心爱的牛羊

还有阿妈飘香的酥油茶

## （三）
## 草原上的小河

天边飘来一条碧绿的小河

河面上流淌着悠扬的牧歌

歌声里走来巡逻的马队

驮着满天彩霞从草原上走过

啊　小河　欢腾的小河

你要为我把早晨的问候向他诉说……

## (四)
## 伽倻琴的思念

傍晚的打谷场上琴声悠扬
心随琴声飞向远方
飞过长白山　飞过海蓝江
此时你宿营在哪一片森林
哪一座山岗
假如你听见我的琴声
你要把它带在路上

## (五)
## 多情的天山

白毡房前有一棵钻天的白杨
看见它就看见你的模样
天山脚下有一股甘甜的清泉
听见它就听见你心灵在歌唱
哎……
我要变成一朵白云
栖息在你的树上
我愿化作一缕清风
徜徉在你的身旁

吐鲁番的葡萄美名四方
哈密瓜的味道十里飘香
尝上一口库尔勒香梨三年不忘
骑着伊犁的骏马挎枪走边疆

富饶美丽的新疆
你是我热恋的故乡
善良多情的姑娘哎
为了你的美貌　我紧握手中枪

买西拉甫不为你为谁起舞
冬不拉不为你为谁歌唱
为了建筑我们心中的理想
让伟大祖国花园一样

注：这是一组以边疆少数民族的视角，表现军民鱼水深情的作品。1998 年获全军文艺会演创作奖，同年入选全国“双拥晚会”，次年获全国第九届群星奖金奖。赵引瑞作曲。

# 四

# 心岸步韵

妈盼儿长大

又怕儿离家

儿盼母增寿

又怕添白发

骨肉情　养育恩

都知此别为国家

……

## 骨肉情

除夕的灯火千万家
想起了远方的故乡想起了妈妈
过年的红灯门前挂
想起了当兵的孩子远走在天涯
妈盼儿长大
又怕儿离家
儿盼母增寿
又怕添白发
骨肉情　养育恩
都知此别为国家

迎春的红灯家门挂
望见了泪眼的妈妈翘首倚门下
辞岁的爆竹响啪啪
望见了英雄的儿子持枪在哨卡
妈盼儿进步
年年戴红花
儿盼母保重
岁岁身体佳

慈母爱　赤子心

且把思念全放下

注：作于1984年除夕。写作动机源于当兵多年后的一次探亲。母亲望着我不无感叹地说："小时候你们姊妹几个都在家，嫌你们闹，现在都走了，又觉得挺冷清。"我恍然大悟，原来"妈盼儿长大，又怕儿离家"啊。该作品1997年入选央视春晚，郁洲萍作曲、阎维文演唱。

# 送　别

你又要出发去到远方
几回回送别已成寻常
相对无语　相望一笑
还是将泪花藏在心上
今朝送别　何日还乡
送走团聚　留下盼望
今朝送别　何日还乡
路有多长　话有多长

你可感觉我的身旁
孩子似懂此中情肠
往日里送别膝下玩耍
此时眼中也有泪光
今朝送别　何日还乡
送走团聚　留下盼望
今朝送别　何日还乡
路有多长　话有多长

注：1990 年笔者远离黑龙江调北京工作。次年回家探亲，在冰冷的月台上，望着妻子和躲在她身后的孩子，不禁一阵酸楚袭上心头。

# 盼

天上的流云一片一片
带走我刚刚密封的信笺
飘吧　飘吧　飘向故乡
飘吧　飘吧　飘向遥远
我知道你正在村口期盼
期盼着这片云这片情感
我知道你正在家门等待
等待着你我相约的时间

天上的雪花一片一片
带走我纷纷不断的思念
飘吧　飘吧　飘自故乡
飘吧　飘吧　飘自遥远
我知道你正在哨所期盼
期盼着春天许诺的誓言
我知道你正在巡逻路上
走到多远也走不出来我的思念

我知道你　你知道我

我们就是这样相见

注：1991 年 12 月作于北京花园路。黄钟声作曲，央视综艺频道播出。

# 牵 挂

忘不了那塘月色
忘不了那轮水车
忘不了那天匆匆的告别
门前慈母泪，身后两道辙
啊！牵挂，牵挂是一条无尽的河
让心儿随它去浪迹漂泊
冬去了春来了岁岁年年
举头问明月，低头向谁说

忘不了那串铃声
忘不了那排校舍
忘不了多年后的那次相聚
千言万语少，欲说话不多
啊！牵挂，牵挂是一首不老的歌
哭也唱笑也唱梦也唱过
夏天雨秋天霜花开花落
一望青山秀，天高大海阔

注：2004 年作于北京远大路 22 号院。收入青年歌唱家杨阳专辑。

# 姐　姐

离开妈妈的怀
就爬上你的背
有衣我先穿
有吃你就推
下雨为我衣当伞
放学你在身后随
啥是疼　啥是爱
就是半块糖果
也要送进我的嘴
啊
人人都说慈母爱
姐姐的付出也珍贵
人人都说慈母爱
姐姐呀姐姐
你只比我大几岁

走过成人的路
把冷热全体会
学你宽待人

学你尊长辈
笑对生活帮助家
再苦再难不掉泪
这份情　这份爱
就是走到天边
也要印在我心扉
啊
人人都说慈母爱
姐姐在身旁也欣慰
人人都说慈母爱
姐姐呀姐姐
你只比我大几岁

注：2003 年 6 月作于河北石家庄。李昕作曲、刘和刚演唱。

# 回　归

依然是那条林荫路
依然是那棵路边柳
往日的朋友已经分手
最难忘那真诚相处的时候
风也悠悠
云也悠悠
但愿真诚能把岁月挽留

也许你已经非常富有
也许你还是淡泊依旧
逝去的岁月不能复返
总期望真情常驻心头
梦也悠悠
魂也悠悠
只有真情能把岁月挽留

回归　回归
回归就在你我背后

回归　回归

回归就在你我心头

注：1999年3月作于北京马连道。蔡国庆演唱。

# 回　家

大雪停了终于等到放假
其实人在天涯心早已回家
一手拎着沉甸甸的思念
一手挽着三百六十五个牵挂
回家　回家
千里万里梦里走过
回家　回家
别让妈妈再翘首门下

不知通了通了多少电话
拿起来的感觉总是放不下
眼前飞过一趟趟列车
载着一样的心情一样的急切
回家　回家
想你爱你一起表达
回家　回家
要让爸爸他泪花笑洒

经历了离家的风吹雨打

才知道家的怀抱有多大

脚步匆匆穿过时光岁月

天天听见家的呼唤家的嘱托

回家　回家

昨夜星辰明天朝霞

回家　回家

家在天边家在脚下

注：入选 2001 年河北卫视春节联欢晚会。

# 家

家是一个梦
家是一片天
走啊走啊走啊
总是不到边

家是一片海
家是一群山
走啊走啊走啊
原来一个圆

家在哪里　家很遥远
家在天天的奔波里家是童年
家在哪里　家很遥远
家是妈妈的张望妹妹的笑脸

家在哪里　其实很近
家在拨通的电话里一条热线
家在哪里　其实很近
想它就近　忘了就远

注：2007 年作于老家伊春。

# 忏　悔

当天空不再见你的美丽
当大地失去了你的容颜
当多年后寻找祖先的家园
我们是否还能回到你的身边

当河流流尽了最后的微笑
当森林消逝了绿色的浪漫
当千古冰川也开始流泪
我们是否还有曾经的童年

我们已经醒来得太晚太晚
是因为我们太多太多的贪婪
那一缕清风　那一缕阳光
恕我们用爱把忏悔温暖

我们已经醒来得太晚太晚
我们还有太深太深的眷恋
那一条小溪　那一片芳草

容我们与你相伴永远

注：进入 21 世纪，人们对生态环境的呵护已成为整个人类最强烈的呼声，而这一切都应该成为人类自身的忏悔。

# 博　爱

花儿几时开
香从哪里来
春风拂过花千树
留赠他人摘
推开心的窗
敞开爱的怀
同在一片蓝天下
都是因为爱

阳光在　爱就在
爱是高山爱是海
阳光在　爱就在
爱是涓涓一细流
无言的关怀

花儿带露开
香从心底来
都是为了一个梦
何必说明白

擦干你的泪
暖热你的怀
相信这个世界上
友爱处处在

阳光在　爱就在
爱是高山爱是海
阳光在　爱就在
爱是人间一首歌
唱给未来

注：2008 年 8 月与中国音乐学院作曲系禹永一教授合作，该作品被列入中国音乐学院声歌系教材。村月演唱。

# 爱心无价

用爱扶起你的爱
用情暖热你的怀
用爱心培育爱的花朵
让它在无花的荒原上盛开
这爱也无价　这情也慷慨
这是儿女还给母亲的期待
这爱也有源　这情也有脉
这是血浓于水的骨肉情怀

用爱扶起你的爱
用情暖热你的怀
用爱心弹拨爱的乐章
让它从无歌的角落里飘来
这爱也无边　这情也豪迈
这是江河汇入大海的表白
这爱也永远　这情也常在
这是属于我们共同的未来

注：2002 年，全国工商联组织卓越民营企业家发起以扶贫为主题的“光彩事业”。笔者应邀创作主题歌，即这首《爱心无价》。黄钟声作曲、金曼演唱。

# 真情常在

春风走过山坡
留下一片绿
阳光走过田野
留下一片金
陌生的人们擦肩而过
什么能连接你我他的心

春雨潜入泥土
悄然不作声
溪流汇入江河
从不惜自身
世上的人们相依相存
天底下同顶着日月星辰

真情常在　爱心常存
人间处处有知音
同有一个天同有一个地
一个事业连着千万颗火热的心

注：2000 年 12 月创作于中国农业影视中心。

# 生命的红丝带

从你的眼睛里走来
从你的期待里走来
让我们拉紧这爱的红丝带
从你的梦里走来
从你的早晨走来
让我们推开窗子把阳光迎进来
天是这样的蓝
云是这样的白
让我们跟着白云去看看大海

从你的微笑里走来
从你的关怀里走来
走过后才知道谁是真爱
远离的已经远离
珍重的还须珍重
回来了就永远不再离开
路是这样的宽
花是这样的好
让青春更美丽让生命更精彩

注：2010 年 5 月，为“拒绝毒品关爱生命”大型义演创作。

# 国旗颂

你是几辈人的梦想
你是几代人的热望
你是黑夜里开始的故事
你是黎明升起的太阳
啊
那模糊的是泪水
那滚烫的是血浆
那飘逝的是岁月
那留下的是难忘

注：1991 年 7 月的一个黎明，笔者有幸在天安门广场近距离目睹了国旗和太阳一同升起的场面，现场感受了那份属于每个中国人的庄严和神圣。

# 仰 望

你仰望　我仰望
牵动儿女泪两行
情一腔　爱一腔
为何这般痴情长
是为昨夜的漫长
还是为这降临的曙光
是为雨后的晴朗
还是为大地的辉煌
啊
身相许　意相往
是情是爱都在心底藏

注：1997 年 8 月的一个清晨，有幸再次在天安门广场与来自全国各地的群众一起观看升旗，我看到了许多人脸上的泪水，还有被母亲举在空中的孩子的笑脸。

# 七　月

七月的天空很蓝很蓝
七月的阳光格外灿烂
七月的鲜花拥着笑脸
七月的颂歌涌出心泉

七月的诗句很美很美
七月的主题深长无边
七月的故事很多很多
七月的热泪都是语言

七月里有一个伟大的日子
耸立在华夏儿女心间
七月里飘出一面旗帜
拂爱着祖国的大海群山

注：2002 年 7 月创作于上海中共一大会址。与刘永跃合作。

# 听　潮

宽宽的海
蓝蓝的天
长长的海岸金沙滩
天那边
海那边
都说大海没有边
听潮来
送潮还
梦里也在海边站

注：创作于1993年12月。纪念毛泽东诞辰100周年文艺晚会《我们的怀念》选曲。

# 观　潮

捧着浪花
捧着欢笑
海潮捧着热情向海岸奔跑
一路高歌
一路喧啸
海潮挽着彩虹把中国拥抱

峻峭的礁石上
不再是苦恋的泪痕
金色的沙滩里
埋着新生的童谣
梦也牵　魂也绕
五千年的古老啊
都在大海的怀抱

注：创作于1993年12月。纪念毛泽东诞辰100周年文艺晚会《我们的怀念》选曲。

# 望一望妈妈的眼睛

不知道你的姓名
只知道你很年轻
走进你的故事
和你一起感动
历尽凄风苦雨
穿越春夏秋冬
只有心儿依然
依然一片晴空

忘不了你的身影
总感觉似曾相逢
追寻你的脚步
原来普通一兵
流血流汗流泪
捧出全是真情
占尽人间风流
羞说利禄功名

天苍苍　云匆匆

无怨无悔问谁懂

天苍苍　水匆匆

你要问战士的忠诚

望一望妈妈的眼睛

注：创作于 2001 年 11 月，24 集大型军史文献片《忠诚卫士》主题歌。黄钟声作曲、叶凡演唱。

# 信　念

你没有走远　还在那条路上
你蓦然回首　似曾在哪里相见
那些风雨那些艰辛那些苦难
为什么你总是那样从容依然

啊……啊……
我看见　你心中
那份坚守那份苦恋
那面旗帜那团火焰

你没有走远　还在那条路上
你并不孤单　一直有我们相伴
那句托付那句承诺那句誓言
跟随你向前走那颗初心未变

啊……啊……
我看见　你身后
那些热望那些期盼
那个梦想那个春天

注：写在中国共产党成立 95 周年之际。

## 当国旗升起的时候

多少人在等待
这一刻的到来
多少人在仰望
这一刻的精彩
当国旗升起的时候
我看见你的热泪
捧着漫天花开

多少人的热血
洒在风雨路上
多少人的梦想
留在河川山脉
当国旗升起的时候
我听见他的祝福
飞越高山大海

啊　国旗　五星闪耀的国旗
你是我　我们的心爱
有了你的天空

才有这白鸽自由自在

啊　国旗　五星闪耀的国旗
你是我　我们的最爱
你把我们的梦想
告诉世界　告诉未来

注：2013 年创作于中国武警军乐团。孟庆云作曲、程晓英演唱。

## 雷锋　我们没有忘却

我唱一支歌
唱给那个难忘的岁月
我唱一支歌
唱给一个死者的复活
啊　雷锋
你虽然已经走得很远很远
我们却不能把你忘却

是你教给我
怎样把温暖还给太阳
是你教给我
怎样做浪花汇入江河
是你教给我
怎样把恩情还给母亲
是你教给我
怎样用生命报效祖国

巍巍的青山
不息的江河

辽阔的天空
茫茫的原野
没有忘却
没有忘却

我唱一支歌
唱给那个难忘的岁月
我唱一支歌
唱给一个英雄的永生
啊　雷锋
谁说你已经走得很远很远
你的背影
连接着我们伟大的行列

注：20 世纪 80 年代末，社会上一度出现质疑“雷锋精神”的声音，令人心痛。因而作歌以表达对雷锋的永恒崇敬之情。

# 难忘今天

虽然你我不曾相识
我们的心却紧紧相连
天上的云朵　地上的高山
也手挽着手肩并着肩
今天我来到你们中间
就像兄弟久别相见
啊　中国　朝鲜
一水相望　一脉相连

当我踏上你英雄的国土
迎面是春风和花的笑脸
当我们的双手紧紧相握
彼此都听见了心的呼唤
今天我来到你们中间
就像兄弟久别相见
啊　中国　朝鲜
青山不老　流水不断

说着过去说着明天

说不尽心中的情感
花是这样好　月是这样圆
让我们记住这美好的瞬间

啊　难忘
难忘今天

注：1991年率中国武警文工团访问朝鲜。在近一个月的日子里，每天都沉浸在中朝两国人民情同手足般的感动之中，遂与作曲家张千一即兴写下这首难忘的歌。王秀芬演唱。

# 相聚在今天

好像就在昨天
好像还在身边
那咸丰湖畔的笑声
那东海岸边的漫谈
还有那三日浦的秋水
一切都是那样清晰可见

你在盼　我在盼　我们都在盼
盼重逢　盼相聚　盼今天

好像就在昨天
好像还在身边
那大成山下的握别
那岔路口上的留言
还有那洒在草坪上的再见
编织着一个多么漫长的思念

你在盼　我在盼　我们都在盼

盼重逢　盼相聚　盼今天

注：1992 年 5 月，朝鲜社会安全部艺术团回访北京，在欢迎晚会上，我与作曲家张千一再度合作了这首《难忘今天》的姊妹篇。

# 早　晨

凉爽的风　推开了房门
阳光的手　伸进了窗棂
悄悄　悄悄地把我推醒
跟我说着昨夜的雨

美妙的歌　从远处飘近
树林的鸟　啼叫着知音
轻轻　轻轻地把我叫醒
让我去看雨后的云

啊　我的天空　我的早晨
你在窗外等待了几个时辰
啊　我的早晨　我的爱人
难道从昨天黄昏

注：1996 年因病难得赋闲在家，清晨推窗远望，几许惆怅袭来，因作之。

# 落　叶

秋风悲落叶
落叶怨秋风
不在枝头自多情
心儿向天空
也曾绿在春
也要红到冬
默默苦冬心不冷
树下待新生

注：2003 年秋作于北京马连道。其中的落叶似乎有故乡枫树红叶的影子。

# 偶　遇

（电视片《陌路》插曲）

陌路分手两相约
苦药一计为谁解
三十六年似流水
无奈双双都错过
泪眼迷离相对看
强饰笑脸不用说
人道五十知天命
迟到春风难解脱

注：2006 年 5 月作于北京西三环北路 1 号。

## 那一年　那一天

忘不了那一年
那一年的那一天
天空的云是那样淡
天是那样蓝
忘不了那一年
那一天的那个晚
晚上的风是那样好
月是那样弯

那一年的那一天
与君梦里各一半
那一年的那一天
往事去如烟

忘不了那一年
那一年的那一天
记不清是否说再见
是否有诺言
忘不了那一年

那一天的那个晚
路边的花儿是那样好
只是夜色短

那一年的那一天
想见又怕被冲淡
那一年的那一天
珍藏到永远

注：1984 年 6 月去佳木斯招考文艺兵，路经读小学时的一个小站，下车寻访，少年伙伴已无几人。

# 梨园泪

（电视剧《金戈梨园》主题歌）

秋风渡　花溪水
江湖结伴离雁飞
风流唱遍春秋戏
哪堪得　山河破碎
碧血花沾泪
胡琴拉　笙箫吹
笙歌起处几人醉
侠骨柔肠悲欢事
谁看懂　英雄眉锁
红颜扮憔悴
悲也壮　壮也悲
胡琴唱断笙箫吹
一声声　一折折
西皮流水第几回

注：张永春作曲、于魁智演唱。

# 叶飘零

（电视剧《金戈梨园》片尾曲）

我知道你心里有多苦
那份情总藏在你深处
叶飘零　秋风渡
无边落木萧萧树

我知道你心里有多苦
那句话在唇边终没吐
叶飘零　无栖处
与你相伴已知足

我心在哭　哭向谁诉
此恨绵绵长夜路
我心在哭　哭向谁诉
与你相伴已知足
我心在哭　哭向谁诉
来世好好再重复
我心在哭　我心在哭
何日伴君唱日出

注：张永春作曲、冯瑞丽演唱。

# 梦里天空

（电视剧《我从草原来》主题歌）

寻找草原的马群在不停地回盼
昂起头颅奔向山的那边
心中有个苦恋
梦里有个蓝天
那是母亲眼里梦见的彩练
远去的弯弓铁马
奋起的英雄长鞭
呼麦长调把今夜的月儿唱圆
不变的永远不变
渴望的不再遥远
马头琴声把明天的太阳追赶

# 知足是福

（电视剧《老大的幸福》主题歌）

让我们牵着手　去寻找幸福
你幸福　我才幸福
喧嚣的世界里常看不清楚
只为你的路上不再孤独

让我们牵着手　去寻找幸福
你幸福　我才幸福
人生的岁月里有芬芳几度
只愿你的脸上春风常驻

啊幸福　风里错过　路上追逐
啊幸福　梦里相约　爱里守护
得到了　是因为没苛求
失去了　你也不必太在乎
得到是福　舍得是福
知足才是最幸福

注：王黎光作曲、汤子星演唱。

# 英雄美人

（电影《关羽与貂蝉》插曲）

那两道眉　那一双眼
那三尺美髯飘胸前
那一片忠　那万般勇
那一个义字总当先
青龙偃月走单骑
殒命麦城也无憾
读罢三国八十回
细品味
最知关羽乃貂蝉

# 会飞的草帽

（电影《会飞的草帽》插曲）

那顶草帽
那顶会飞的草帽
在那个夏天的风里飘
那顶草帽
那顶丢失的草帽
在那片夏天的湖上摇
那个夏天
那顶草帽
不知道许多年后
是否还能找到

注：郭晓天作曲。

# 大 任

（电视剧《浴火危城》主题歌）

风满楼　雪漫天
冰冻三尺顷刻间
心已乱　神亦散
如水泻堤火燎原
路边老丈举头问
谁执春风却冰寒
承天命　赴大任
一代英名身后传

# 无　奈

（电视剧《一颗颗眼泪都是爱》主题歌）

只因为了那份爱
才那样去爱
直到付出生命的全部
才知道无奈
爱是美丽的梦想
爱是难释的情怀
爱是一颗颗眼泪
流干了
就让它在心底深埋
啊
爱如果能够改变
改变命运的安排
就是哭干了眼泪
也愿意
苦苦地等待

注：郭晓天作曲、张秀艳演唱。

# 雪打灯

（电视剧《我爷爷我爸爸》插曲）

舍不下这份情
扯不断这根绳
飘不尽的雪花呀雪打灯
扑不灭的心头火
冻不死的西北风
东山头的月亮呀月照明
恨也是爱　骂也是疼
割不断的骨肉一脉承
爱也有源　恨也有终
月亮下山日头东升

注：于国忠作曲、叶凡演唱。

## 这是咱的家

（电视剧《我爷爷我爸爸》片尾曲）

好大的风　呼啦啦
好大的雪　白花花
钻山的豹子下山的虎
平地一吼惊雷炸
这是咱的坡
这是咱的洼
这是老祖宗留给咱的家
生也看着它
死也守着它
热炕头上睡觉也枕着它

好大的碗　碰出个响
好大的筐　编出个花
高粱米养大的关东汉
挺起脊梁腰不塌
这是咱的爹
这是咱的妈
这是老祖宗留给咱的家

盘腿炕上坐

对酒八仙桌

强盗来了咱就轰走他

注：于国忠作曲、韩磊演唱。

# 你为什么到这里来

（电视剧《小兴安岭深处》主题歌）

你为什么到这里来
是前生的约定
还是命运的安排
你为什么到这里来
是因为她的美丽
还是这片林海

你为什么到这里来
是苦苦的追寻
还是无悔的等待
你为什么到这里来
是因为他的托付
还是这条山脉

说什么生离死别花落花开
纵然是冰河倒流也难忘怀
说什么青春已去红颜不再
你不见那片山花年年盛开

# 孔　子

（电视连续剧《孔子》主题歌）

仰之高山
参之九天
叹锦绣文章万卷
去者何往
来者追赶
千古圣贤未眠
智者乐水
仁者乐山
盼只盼四海之内兄弟皆欢
己所不欲
勿施于人
坦荡荡君子风范

逝者如斯
不舍昼夜
看几片浮云过眼
杏坛播雨
普润众生

一路走一路呼喊
智者乐水
仁者乐山
问天下谁比这情这义温暖
己所不欲
勿施于人
坦荡荡君子风范

注：王黎光作曲、韩磊演唱。

# 孝行天下

（电影《孝感天地》主题歌）

看惯了岁月沧桑
尝尽了世态炎凉
问天下谁贫谁富谁卑谁强
怎了得一个孝字说破短长

谁不曾为人儿女
也做了为人爹娘
纵然是乾坤倒转地老天荒
别忘了你从哪来又去何方

孝行天下　爱及四乡
可叹那草木有灵无言也伤
孝行天下　情暖八荒
殊不知江海同流日月同光

注：赵麟作曲、齐峰演唱。

# 寻　梦

（电视片《大道如虹》主题歌）

你一直在追寻
追寻一个梦
脚步匆匆
身后风雨无踪

你一直在追寻
追寻一个梦
山水重重
身边知己同行

那梦是天空
雨后那道彩虹
那梦是大海
浪花洗过的笑容

注：黄钟声作曲、张士学演唱。

# 追　梦

总是飞呀飞　飞过千山万水
飞越路断峰回
带着苦和累　记着痛与悲
为着那个梦想去追
总是飞呀飞　飞过桃花溪水
飞越白雪红梅
只要心未冷　别说错与对
就是这样苦苦地追

追随那风　追随那雨
追随那日月不悔
人生难得一回　等待不如体味
飞到天边邀彩云同归

追随那风　追随那雨
追随我青春无悔
看过男儿泪　见过女儿醉
相逢一笑　把酒一杯

注：2002 年 3 月创作于浙江温州。

# 莫让岁月带走了你

莫让岁月改变了你
留一道彩虹给早晨
莫让岁月带走了你
留一抹晚霞给黄昏

莫让岁月改变了你
留一份刚强给命运
莫让岁月带走了你
留一腔热情给青春

留一份真诚给朋友
留一寸爱心给母亲
留一个真实给自己
留一串脚印给后人

注：2012 年 4 月创作于北京北苑。

# 失落的风笛

我是你失落的那支风笛
依然在故乡为你吹起
月下的漫步
村边的游戏
那一片芳草
那一湾小溪
还有那双倒映在水中的甜蜜
你　远去的你
是否还记得那次分手
那支失落在路边的风笛

我是你失落的那支风笛
依然在梦里为你吹起
树下的约会
迟到的焦急
那一缕炊烟
那一抹晚霞
还有那只躲藏在林中的黄鹂
你　远去的你

是否还记得那首歌谣

那支失落在昨天的风笛

注：2007 年创作于武警部队电视宣传中心。

# 会心一笑

梦想已经点燃
希望挽着春天
走来了　亲爱的伙伴
生活像鲜花灿烂
曾经的岁月风雨
洗却的雨后容颜
是谁在会心一笑
幸福着难忘的初恋

梦想已经点燃
希望拥抱明天
手挽手　亲爱的伙伴
追寻已不再遥远
一路上许多故事
浪漫着向前浪漫
是谁的会心一笑
笑开了朝霞满天

注：2007 年创作于北京远大路 22 号。

# 宽　容

有一种美德叫宽容
宽容是大海是天空
大海啊容纳千条江河
天空啊宽待日月群星
啊　宽容
宽容是慈母带泪的微笑
宽容是父亲沉默的背影
宽容是分手时那声抱歉
宽容是多年后的热烈相拥
啊　宽容
宽容是爱人无奈的苦笑
宽容是儿女迟到的隐痛
宽容是忘却后的忘却
宽容是放不下的不了深情

注：2008 年创作于北京西三环北路 1 号。

# 云追月

我想唱歌　是心在说
我要飞翔　是云追月
是梦是幻是真切
一种欲舍不能的感觉

曾经了无数的繁华
看惯了月圆月缺
才懂得风尘路上
有多少美丽错过

莫错过　云追月
错过的如烟如波
莫错过　云追月
清风明月今夜

注：2007 年创作于北京远大路 22 号院。

# 致军校老师

海一样深
山一样高
你的恩情你的怀抱
昨夜星辰
今夜遥想
你的身影你的微笑
少年壮志
知遇向导
是肩是梯是船是桥
从军报国
人生漫道
我总在你的目光里奔跑

注：2009 年 7 月为上海武警政治学院应届毕业生而作。

# 母校　我们回来了

听见了你的召唤
看见了你的微笑
我们从天南地北
抑或是天涯海角

忘不了那串铃声
忘不了那次迟到
我们从梦的那头
回到了你的怀抱

啊　母校　亲爱的母校
我们回来了　亲爱的母校
请你再点一次我们的名字
好让我分享你的骄傲

快擦去你的泪水
快听听我的心跳
为什么千言万语
只剩下热烈拥抱

说什么似水流年
说什么红颜已老
我们在你的面前
永远是青春年少

啊　母校　亲爱的母校
我们回来了　亲爱的母校
请您再批改一次我们的作业
看看是否辜负了您的教导

注：2012年7月，母校——伊春市一中建校60周年，我作为“老三届”毕业生应邀回校参加纪念活动。在庆典晚会上，难抑久别之情，遂即兴而作，并登台朗诵。

# 故　乡

故乡　故乡是
童年那间不足 30 平方米的
板房
夏天的凉风
冬天的火墙
还有不远处锯木车间里
一天到晚地鸣响

故乡　故乡是
同桌的她
一张散发着松香的书桌
和书桌中间一条用粉笔竖起的
墙
还有　还有两个胳膊肘忽而的
相撞

故乡　故乡是
父亲宽厚的肩膀
挑着一家六口人的饭碗

从浩良河到丰林
从丰林到乌马河
又从乌马河到新青
挑大了我们
却挑走了他的目光

故乡　故乡是
母亲连夜为我缝制的
那件对襟棉袄
因为明天要上台演节目
得让孩子穿得像模像样

啊　故乡
是离开故乡的那个夜晚
晶莹的雪地
清冷的月光
远处的召唤
不停地嘱咐
还有那只小黑狗的热情
在它的尾巴上摇了又摇
晃了又晃

啊　故乡
是寻找故乡的难忘

东家的大婶
西家的大娘
唤着我的乳名
摸着我的军装
还有　还有一张坐在轮椅上
一直在憨笑的脸庞

啊　故乡
是一只归来的白头鹤
无奈的离去
不停的回望
逝去的在梦里
不去的在心上

注：2009年岁尾，黑龙江伊春新青300余同乡在京聚会。游子同席，不禁勾起许多往事乡情，于是即席写下这首叙事歌诗，献给远在北方的父老乡亲。

# 天　问

你　你的故事
从远古说到今
你　你的美丽
暗淡了风与尘
你在问　我也问
为什么一切都在改变
唯有那片情　那个人
放不下　总牵魂

你　你的故事
从远古说到今
你　你的美丽
千百度众里寻
问天空　问流云
却奈何铅华终难洗尽
唯有那份爱　那份真
在人间　保存

注：2016 年，应中国交响乐团之约，创作清唱剧《爱的神话》（《牛郎织女》和《青蛇白蛇》）。《天问》为两部音乐故事的共同主题。黄钟声作曲。

# 急归故里

急归故里逢三九
告闻老母怕弥留
些年不在同堂下
难补床前少伺候
少壮离家问前程
堪数一去几回头
弟妹面前容谢罪
空有锦衣值几筹

注：2015 年冬，小弟来电，告母亲病危，急归故里。感多年在外，少有侍奉，未尽孝道，弟妹面前愧责难言。

# 乙未年腊月初九祭

默默冰河
匆匆逝川
年十隔
父母相继归去
从此再没了
过年期盼
想以往年近
数日遥看
恨时慢
辗转归心似箭
而今家门犹在
却难重复
那些欢语笑颜
多情别再称游子
唤我人安在
梦里哭还

注：2016 年 3 月，母亲溘然长逝。想十年间父母相继故去，凄然若孤。遂立碑合葬，刻墓文曰：恩与青山，泽被子孙。

# 五

# 感悟经典

都说你离我们很远很远

悠悠两千多年

其实你离我们很近

一直在路上攀谈

茫茫天地万象

听来似深也浅

读懂你的人们就会大悟恍然

……

# 感悟《道德经》

走进《道德经》，恍若跟随母亲回到生命出发的地方，让心靠岸，找回那个本不该丢失的自己。

## 老　子

都说你离我们很远很远
悠悠两千多年
其实你离我们很近
一直在路上攀谈
茫茫天地万象
听来似深也浅
读懂你的人们就会大悟恍然
你是一个巨人
站在黄河岸边
拂袖乘风西去
留下旷世真言

# 大 道

道可道　非常道
道在哪里谁知道
名可名　非常名
大道无形最玄妙
有也无　无也有
道在脚下不缥缈
一部道德五千言
破解天地万千条

# 一字歌

一　小小的一
一生二　二生三
三生无极
一　小小的一
上行天　下行地
天地的轨迹

一是老师的粉笔
一是最早的记忆
一是美丽的音符
哆唻咪
哆唻咪发嗦啦西

一　神奇的一
横作纬　纵作经
编织四季
一　神奇的一
一最小　一最大
宇宙的秘密

一是通天的大道
一是成功的阶梯
走到天边才知道
一最大
一二三四五六七

# 上善若水

人生当如水
上善至美
悠悠天边来
脉脉去与谁
清流侧畔花千树
润物无争群芳辉
无意功名
无言身退
千回百转心不改
奔腾向前把路追

人生当如水
上善至美
处下清如许
于道不卑微
热风吹送化作雨
寒凝冰心白玉堆
无私无畏

无怨无悔

千变万化意未冷

汇入大海彩云归

# 知　足

盈盈之水易漫
尖尖之器易残
树高千尺易折
峰高万仞孤寒
都道是金玉满堂官高位显
岂不知骄病之心终成患
知进难　知止难
知退更难
这个道理　难倒了多少过客
饮恨长天

五色久看目眩
五音久听也乱
佳肴尝遍四海
个中滋味难辨
说什么富贵荣华风光无限
却也有风吹落花一时散
得到难　舍得难

知足最难

这个道理　上演了多少故事

人间悲欢

# 地久天长

人人都有渴望　都有梦想
渴望天长地久　地久天长
有人苦苦追寻　有人一路惆怅
有人从容笑对　物我两忘
不为自己而生　何患无私而亡
借问天地何有　交与万物分享

天苍苍兮　不老
地苍苍兮　未荒
借问天地何有
交与万物分享

都说人生苦短　春华秋霜
悠悠白云飘过　月上东墙
几人檐下悲歌　几人止步荣光
几人坦然来去　宠辱皆忘
先天下之忧而忧　后天下之乐而乐
何以名留千古　且看清风浩荡

天苍苍兮　无涯

地苍苍兮　无疆

何以天长地久

且看清风浩荡

# 为而不争

信言不美
美言不信
饰言三千
不如一句童言

善者不辩
辩者不善
巧言满天
不如笃行一件

圣人何有
贤者何贤
与人以利
利人富己天地宽

天之道
利而无害
圣人之道
为而不争

## 为而不争天地宽

注：2008 年创作中华经典咏诵会之《感悟道德经》。张千一作曲、谭晶主唱、杨洪基、关牧村及中国少年合唱团参演。以上诸首为部分选曲。

## 读《论语》

逝者如斯，不舍昼夜，不朽的除了时间，只有不朽的思想。

仰之高山，钻之弥坚，瞻之在前，忽焉在后……

## 你来到这个世界上

你来到这个世界上
天还没有亮
你的哭声那么长
哭醒了太阳
风儿推开窗
鸟儿枝头唱
声声问你哪里来
唤你快快长

你来到这个世界上
天高地也广
你的眼睛很迷茫

好像在思量
风儿扶你走
三岁扯衣裳
鸟儿伴你一起飞
七岁进学堂

孩子你快快长呀
长大了什么样
像你的父亲一个样
正直又温良

孩子你快快长呀
长大了什么样
像你的兄长一个样
邻里都夸奖

孩子你快快长吧
长大了做栋梁
过路的人们都在问
谁家的好儿郎

# 知　了

知了知了叫得欢
写个知字不简单
明是非　智之端
识好坏　善根源
是非曲直想想看
知而不惑路不偏

知了知了叫得欢
这边唱罢那边连
三人行　必有师
择其优　从其善
好仁好学义当先
知己知人贤中贤

知了知了叫得欢
知不知道两重天
知度数　不莽撞
既不过　也不偏
加减乘除细盘算

知进知退天地宽

放学回家路边走
不知知了去哪边
风儿吹　云儿散
敏于行　讷于言
三思后行无遗憾
温故知新解谜团

风儿吹　云儿散
不知知了去哪边
不患人不知
只怕学问浅

# 仁者爱人

是谁在声声呼唤
让那个仁字站在你我身边
是谁在声声呐喊
让干渴的心听见流泉
仁者爱人　大言惊天
暖了山河　暖了人间
推己及人　人安我安
远了恩怨　近了情感

是谁在声声呼唤
让那个人字站在天地之间
是谁在声声呐喊
让迷失的心回到家园
仁者爱人　大爱无边
湿了眼睛　润了心田
己所不欲　勿施于人
宽了道路　高了蓝天

# 问　孝

为人在世间
百善孝为先
你可知道孝敬父母
什么最难
能养不足孝
吃穿羞作谈
难的是让父母脸上
常驻笑颜

可怜天下父母心
世间儿女可知否
色难　色难
最孝是色难

汗洒三冬暖
霜染两鬓残
你可想过回报父母
什么最难
有苦偷把泪

粗茶笑手端
怕只怕让父母看了
意冷心寒

可怜天下父母心
有心孝子应懂得
色难　色难
最孝是色难

# 知　礼

我这里躬身有礼
送一份真诚给你
你那里颔首抬笑
留一段美好回忆
居上者以礼
处下者以礼
咱礼仪之邦三千年
你敬我　我敬你
一路上礼尚往来川流不息

羞怯了花言巧语
怎比得陌路知遇
虚妄了奢华一场
却不如清茶淡席
有价者非礼
无价者有礼
这一个礼字千金重
你珍贵　我足惜
倾倒了八方宾朋四海兄弟

# 浮　云

啊　浮云
你这飘忽不定的浮云
飘浮在山谷
飘过了树林
散漫成几片无形的灵魂

啊　浮云
你这飘忽不定的浮云
去月下漫步
去庙堂栖身
就这样做了风的浮尘

阅尽了春秋风雨
看惯了趋利拜尊
听见了大地呼唤
不敢忘匹夫天命

叹几时繁华　一旦飘零
看几人苟且　几人偷生

啊浮云　啊浮云
我不能随你而去
如此这般放弃了追寻
啊浮云　啊浮云
我如何与你一样逍遥
却愿和你一样清贫

啊浮云　啊浮云
不义而富贵
于我如浮云

# 幽　兰

习习谷风
袅袅幽兰
谦谦君子
寻寻不见
一缕清香飘来　似浓也淡
都说你三冬化育凝霜雪
却无意庙堂冷泪赔笑脸

习习谷风
袅袅幽兰
谦谦君子
寻寻不见
一缕清香飘去　何求何患

智者乐水
仁者乐山
与人无尤
与天无怨
误会了　清心一颗无言

# 弘　毅

大河东去浪滔天
梦里河图凤鸟还
青丝不再转头看
一条艰路心未寒

（吟诵）“仕不可以不弘毅，
任重而道远。
仁以为己任，不亦重乎？
死而后已，不亦远乎？”

朝闻道　夕可死
此生七十恨苦短
几捆瘦竹托夙愿
留作后生着新篇

# 愿　望

一个多么美好的梦想
在东方古老的原野上生长
一位老人　远去的老人
说出了人类最初的愿望
贤者思贤　仁者安邦
邦有道　家无怨　惠风和畅
少有所怀　老有所养
男儿耕　女儿织　其乐无疆

一个多么悠远的向往
温暖着无数颗期待的心房
冬日的飘雪　暮春的山岗
不变的依然是那份热望
棠棣花开　鸟语花香
天有邻　地博爱　万物分享
没有谎言　没有战荒
花多树　别样开　四海同光

# 花　雨

今夜　又落下几片花雨
今夜　又红了几树杏林
看花雨纷纷　两千五百年今昔一瞬
育花人何往　心语无痕

花雨纷纷
花雨纷纷

明朝　又多了几张笑脸
明朝　又多了几路游人
看花雨纷纷　两千五百年人间风尘
红颜啊未老　从者如云

天未老　地未老　情未了
山依旧　水依旧　爱无尽
看花开正好　听金声玉振
花树下犹见那位老人

花雨纷纷

花雨纷纷……

注：2015 年创作大型声乐套曲《感悟论语》。黄钟声作曲、中国交响乐团合唱团演出。以上诸首为部分选曲。

# 读《孟子》

捧读你的文章，我捧不起你的思想。我俯身拾起几片遗忘。

我自豪，我在你的背影里远望……

## 读孟子

捧读你的文章
我捧不起你的思想
我向你倾倒
我把你仰望
我自豪
我在你的血脉里流淌

捧读你的文章
我追不上你的向往
我俯身拾起
几片遗忘
我骄傲
我在你的背影里远望

任时光匆匆千年百年
不朽的永远不朽
难忘的永远难忘
我向你走去
我有些恐慌
我不知道是否愧对
你仁者的目光

# 仁者无敌

三千年人间沧桑
五千年云水激荡
问天下谁人无敌
茫茫今古一望

也曾经风光无限
也曾经几朝败象
缘何来江山依旧
盛衰两样

顺民心则昌
负民心则亡
仁者至仁
四海仰望

乐之乐天下同乐
忧之忧天下同当
愿只愿贤者在位
能者执纲

济民于水火
扶民于时荒
仁者无敌
天道无疆

# 读《孙子兵法》

《孙子兵法》不仅是一部兵学大书，也是一部文学宝典。简简六千余言，鸿论十又三篇，词如珠玑，句似刀削，漫步其间，如临溪谷，如历战云，思辨无界，意象万千。微乎，神乎，战争在孙子手中已然是艺术。

## 兵者　国之大事

兵者　国之大事
忘战必危
好战必亡
金戈铁马
千年沧桑
谁见和平无恙

多少男儿弃耕
驭马疆场
多少女儿弃织
红颜戎装

多少英雄去国
血卧他乡
多少壮士悲歌
遗恨天方

莫道强梁骄狂
风声鹤唳
有道弱能胜强
天道无疆

几何穷兵黩武
凌弱恃强
有道历史无情
生死自量

兵者　国之大事
忘战必危
好战必亡
有备无患
安国安邦
谁改铁律煌煌

# 知己知彼

知己知彼　百战不殆
兵家大要　古今中外
千里沙场　万里尘埃
两军对决　谁胜谁败

知己者不知敌
胜败两猜
不知敌不知己
每战必败

知己者根本在
知彼者胜裁
先知者方知行
生死将帅

知己知彼　百战不殆
千里沙场　万里尘埃
知己知彼　百战不殆
指挥若定　三军豪迈

# 不战而屈人之兵

善之善
屈人之兵而非战
兵不见　血不刃
我自倚天仗剑
上兵伐谋
其次伐交
伐兵攻坚
是谓不得已而战

善之善
屈人之兵而非战
兵不顿　利可全
尔当远谋深算
一城一池
全胜为观
王者立马
城头旗帜变换

# 兵贵神速

行如疾风
动如雷霆
兵贵神速
速决速胜

驰车千驷
革车千乘
被甲十万
日费无穷

兵贵胜　不贵久
劳师顿马国力空
兵贵胜　不贵久
谁见久拖夸英雄

来似闪电
遁似流星
出敌不意
山摇地动

抓住战机
分秒必争
一役得手
全盘皆赢

兵贵胜　不贵久
螳螂捕蝉防雀鹰
兵贵胜　不贵久
螳螂捕蝉防雀鹰

# 出奇制胜

日有长短
月有死生
兵无常势
水无常形
孙子用兵讲奇正
奇奇正正
以正合　以奇胜
示有形　遁无形
帐前战书飞报时
天兵已过山几重

四时无常
天地无穷
胜负瞬间
成败英雄
孙子用兵讲奇正
奇正相生
攻有备　守却空

狭路逢　绝地生
不尽江河万古流
谁人沙场任驰骋

# 致人而不致于人

孙子兵法千章万句
有一句名言切记
致人而不致于人
成败胜负真谛
出其不趋　趋其不意
行千里如入无人之地
攻其必救　乖其是从
令尔等不能自已

袖里乾坤囊中妙计
我自当呼风唤雨
致人而不致于人
此乃计上大计
主动者生　被动者毙
看谁把自由握在手里
古也是亦　今也是亦
谈笑间灰飞烟去
微乎　神乎

形人而我无形

微乎　神乎

形兵至于无声

# 和平颂

鸽子驮着白云
在蓝天上飞翔
她是在歌唱明媚的阳光
暴风雨过后
她不会遗忘
希望的天空依然晴朗

花儿仰着笑脸
在田野上开放
她是在赞美生命的辉煌
严冬的野火
烧不死渴望
春天来了依然芬芳

和平　人类共同的梦想
追寻的脚步千百年漫长
和平　我们共同的向往
勇敢地前行

直到幸福的天堂

注：2009年9月创作咏诵剧《兵道》。羊鸣、吴璇作曲。以上诸首为其中选曲。

# 《诗经》写意

我以为《诗经》不是写出来的，而是从那条远古的河上流出来的，是从那条河流冲击的塬上长出来的，是站在我们心灵对岸的歌唱，是未加妆饰的美。我之谓写意，不过是一个逝年踏青者的品味和寻觅，是面对先人的倾倒和敬畏。

## 伊　人

《秦风·蒹葭》写意

蒹葭苍苍　白露为霜
所谓伊人　在水一方
蒹葭苍苍　白露为霜
所谓伊人　隔水相望
寻你　寻你溯流而上
怎奈山高水长　路断神伤
觅你　觅你顺流而下
但见峰回路转　顾影迷茫

蒹葭苍苍　白露为霜

所谓伊人　在水一方
蒹葭苍苍　白露为霜
所谓伊人　隔水相望
寻你　寻你溯流而上
怎奈浪打云飞　无限惆怅
觅你　觅你顺流而下
但见白雾缥缈　宛在水中央

伊人　你在何方
伊人　何方

# 柏　舟

《鄘风·柏舟》写意

看那小小的柏木船
漂啊漂　漂在河的中间
看那两鬓垂发的少年
让我暗暗地爱恋
我多想　多想看他几眼
却又装作不看
哎呀　妈妈
怎么看不懂女儿的心愿

看那小小的柏木船
漂啊漂　漂向河的那边
看那双手撑竿的少年
是我梦中的眷恋
我的心　早已随他而去
爱他到死不变
哎呀　妈妈
怎么不叫天遂人愿

# 天　誓

《王风·大车》写意

大车坎坎　恍惚眼前
华服衣冠　谁家少年
心怡　难按
叫我如何不把他思念
思念　又怕他为难
话到唇边

大车缓缓　渐行渐远
烟尘落处　半遮红颜
心思　已乱
我却不能把他追赶
这苦堪言

生不同房　死亦同穴
我誓不变　我誓不变
生不同房　死亦同穴
你若不信　去问苍天
自有那白日高悬

# 悠悠我心

青青子衿　悠悠我心
悠悠我心　念念子衿
纵然我不能去见你
你为何一别就没了音信

青青子佩　悠悠我思
悠悠我思　青青子佩
纵然我不能去见你
难道你就不能来与我相会

九丈城楼　我独倚兮
子何时来　望眼穿兮
九丈城楼　我独倚兮
不见子来　思念何穷兮

一日不见　如三月兮
一日不见　如三秋兮
一日不见　如三岁兮

# 击　鼓

《郑风·击鼓》写意

击鼓催征人
大军向南行
壮士百战死
还者有几人

也曾与你今生约定
也曾与你海誓山盟
执子之手　与子偕老
如今回家已成空

也曾与你梦里相见
也许与你死后重逢
执子之手　与子偕老
谁教誓言说成空

此身天涯　他乡荒草
问我落马何处寻
此身天涯　他乡荒草
归期遥遥春到冬

## 许穆夫人

《鄘风·载驰》写意

惊闻故国亡
驰马奔家丧
拜我父兄魂
哭我百姓殇

可恨　可恨那狄邦似虎狼
毁我家园驱我子民离家乡
更笑那许国群僚无良策
全不顾儿女亲情坐彷徨
百般阻　千般挡
我心已决信由缰

飘香的麦浪啊　与谁唱
山野的鲜花啊　劫后芳
我回来了　你的女儿回来了
搬救兵　联友邦　把道义伸张

雪我亡国耻

还我卫国疆

了我儿女情

扶我塬上桑

女儿此行　虽死沙场又何妨

# 鸡　鸣

《郑风·女曰鸡鸣》写意

雄鸡雄鸡窗前唱
叫声夫君你快起床
水鸟就要飞出巢
射鸭射雁去芦荡

鸡叫头遍天半亮
水鸟还在梦中藏
鸡叫二遍我出门
好射鸭雁进芦荡

野鸭野雁野味香
为你烹肴为你尝
月下茅庐相对饮
你一觞来我浅尝

你弹琴哟我鼓瑟
你的体贴我不忘
为夫没有金玉钗

送你石佩表衷肠

你弹琴哟我鼓瑟
两情相悦苦也香
白头偕老百年好
只愿地久天也长

注：2009 年 5 月创作中华经典咏诵会之《诗经写意》。禹永一作曲。以上诸首为部分章节。

# 写在后面的话

歌词，在诸多文学样式中本雕虫小技。几十年来，因工作关系虽然写了一些歌词，但一直无意结集成书。况歌词不插上音乐的翅膀，无异于未蜕变的蝉蛹，不会听见蓝天下的歌唱。

不过，到底还是难违许多朋友、战友、师长们的鼓励，权且将发表过的、未发表过的、谱曲演唱过的抑或是尚未“嫁”出去的，以及散落在各处的随笔即令，拾掇修剪了一遍，从中挑出自以为可以让别人看的东西，辑录成这本《长路流歌》。

取名《长路流歌》，是因为在整理过程中恍然发现：将这些歌词连接起来，不正是我人生路上留下的岁月痕迹吗？回头读来，仿佛又读到童年、读到少年、读到青春；掩卷品味，仿佛又跋涉在行军路上，穿越于故乡的山野林地；推窗抬望，仿佛听见我与新中国同行的时代足音……

诚如一切文学作品一样，歌词也是生活的产物。歌词篇幅虽小，但它同样需要真切的生活体验，绝非无本之木、无源之水，更不是无病呻吟。我的体验是“情由感发，文从自然，放纵而不勒马”，当然“不勒马”却要在尽可能短的篇幅下完成。写起来的时候也不必太当回事儿，写出来只作一次情感的穿越，思辨的快乐。歌，是从心里流淌出来的真诚感受，来不得半点虚伪。我由衷地感激生活对我的馈赠，面对写作对象，我常想，与其说我是在写他们，倒不如说是他们在写我。

从全书布局上，我没有按写作时间先后排序，而是依照不同题材相对集中为《热土深情》《行军路上》《风雨调色》《心岸步韵》和《感悟经典》五个部分，并将它们安排到《长路流歌》这个“长路”的大的构架之中，完成了我的一个漫长的心路历程。

为了便于读者了解一些歌词的写作冲动，有些曾触动深刻的歌词后面别加了一个“小注”，我倒觉得这些文字比歌词本身更有价值、更有意味。

在这个集子即将出版的时候，我不敢忘记带我叩敲创作之门的启蒙者——吕艺生老师和把我推上军旅创作之路的引路人——林中华老师。我由衷地感谢在推动促成这个集子的出版过程中，给予了我鼎力支持的前伊春市委宣传部华景伟部长；由衷地感谢为这个集子出版给予竭诚帮助的家乡好友辛玉波先生；由衷地感谢几十年来与我真诚合作的诸位作曲家、歌唱家。

二〇一九年六月于北京

图书在版编目（CIP）数据

长路流歌：张吉义歌词作品 / 张吉义著.—北京：中国工人出版社，2019.7

ISBN 978-7-5008-7212-2

Ⅰ.①长… Ⅱ.①张… Ⅲ.①歌词集—中国—当代 Ⅳ.①I227

中国版本图书馆CIP数据核字（2019）第125318号

长路流歌：张吉义歌词作品

出 版 人　王娇萍
责任编辑　傅　娉
责任印制　黄　丽
出版发行　中国工人出版社
地　　址　北京市东城区鼓楼外大街45号　邮编：100120
网　　址　http://www.wp-china.com
电　　话　（010）62005043（总编室）
　　　　　（010）62005039（印制管理中心）
　　　　　（010）62379038（社科文艺分社）
发行热线　（010）62005049　（010）62005042（传真）
经　　销　各地书店
印　　刷　北京市密东印刷有限公司
开　　本　880毫米×1230毫米　1/32
印　　张　13.5
字　　数　110千字
版　　次　2019年9月第1版　2019年9月第1次印刷
定　　价　58.00元